À GENOUX

UNE DOUCE HISTOIRE D`AMOUR ET DE MARIAGE ARRANGÉ

SHANAE JOHNSON

Traduction par
MARIE VIALA

Edited by
MARIE KOULLEN

Copyright © 2018, Ines Johnson. Tous droits réservés.

Ce roman est une œuvre de fiction. Les personnages, les lieux et les situations sont purement imaginaires. Toute ressemblance avec des personnes existant ou ayant existé serait fortuite ou involontaire. Toute reproduction ou distribution de cette publication sous quelque forme que ce soit, même partielle, sans l'autorisation écrite de l'auteur est interdite, sauf pour les distributeurs autorisés.

Imprimé aux États-Unis.

Première édition : octobre 2018.

*Traduit de l'anglais (États-Unis) par Marie Viala.
Édition et relecture : Marie Koullen.*

CHAPITRE UN

Le bruit des sabots frappant la terre rappelait celui d'un barrage d'artillerie. C'était un son que Dylan Banks ne connaissait que trop bien, lui qui venait de passer cinq ans dans une zone de guerre. À tout moment durant ces cinq années, il lui avait suffi de relever les yeux pour voir un ciel bleu azur, des dunes ondoyantes, ou des champs de fleurs pastel. Quelle cruauté. La guerre et la beauté n'étaient pas censées aller de pair.

Ici aussi, le ciel était bleu et les champs s'étendaient à perte de vue. Et le bruit du trot et du galop des chevaux n'était pas la seule chose qui lui rappelait la guerre : ses hommes étaient là, eux aussi. Ou, du moins, ceux qui avaient survécu.

Ceux qui avaient réussi à en réchapper vivants

avaient perdu bien des choses. Leur famille, leurs amis, une partie de leur corps, une partie de leur âme... Mais cet endroit, le ranch du Campanule, leur faisait du bien.

Dylan jeta un coup d'œil à l'emblème du ranch, une fleur violette aux pétales arrondis, à la forme très semblable à celle d'un cœur. Les vétérans qui résidaient désormais dans ce sanctuaire l'avaient bien vite renommé « le ranch du Cœur Violet », en l'honneur des blessures et des cicatrices qu'ils avaient ramenées avec eux.

Dylan pressa les flancs de son cheval pour le faire accélérer. L'air doux du printemps lui fouettait le visage. Il poussa son corps plus loin que ce que les docteurs le disaient capable de faire. Ses hanches devaient travailler dur pour absorber et contrôler les mouvements du cheval. Il pouvait sentir les muscles puissants de la bête stimuler les siens, lui prêtant la force nécessaire à sa guérison.

À son réveil à l'hôpital militaire, quand il avait découvert qu'une part de lui-même manquait à l'appel, il n'avait pas cru pouvoir guérir un jour. Mais désormais, il avait l'impression de se retrouver au ranch du Cœur Violet. Lui, comme les autres.

Cet endroit était devenu un sanctuaire pour les blessés. Un endroit où ils n'avaient pas besoin de camoufler leurs cauchemars, qu'ils soient endormis ou éveillés. Après sa sortie de l'hôpital, Dylan avait été un temps en froid avec Dieu. Mais, depuis qu'il avait mis les pieds au ranch et monté son premier cheval, il comprenait qu'Il lui avait donné une nouvelle raison d'être.

Les médecins militaires lui avaient peut-être sauvé la vie, mais c'était l'hippothérapie qui la lui avait rendue. L'idée d'utiliser l'équitation comme rééducation physique après son amputation était ce qui lui avait réellement redonné goût à la vie après la guerre et ses blessures.

Il adorait monter. Il adorait vivre au ranch. Il adorait ne plus avoir besoin de se mettre à couvert sous un ciel magnifique. Après l'enfer que lui et ses compagnons avaient traversé, le ranch du Cœur Violet était ce qui se rapprochait le plus du paradis.

Dylan tira sur les rênes, ramenant le cheval à un trot tranquille. Ils retournèrent ensemble vers la carrière, où Dylan mit pied à terre. La simple crampe qu'il avait ressentie jusque-là se transforma en une douleur lancinante quand il souleva la cuisse pour la faire passer par-dessus le dos du cheval. Sa prothèse se fit douloureusement remarquer, faisant hurler les muscles de ses hanches et de sa cuisse.

Mark, le moniteur, se retint d'intervenir. Il savait

qu'il valait mieux ne pas proposer son aide à ces fiers guerriers, mais il savait aussi quand ignorer leur fierté et leur offrir l'assistance dont ils avaient besoin.

Dylan avait beau être courbaturé, il n'avait pas besoin d'assistance ce jour-là. Il se laissa glisser au sol avec précaution, se reposant principalement sur la force de ses bras et de ses épaules. Il resta ensuite immobile quelques instants, le temps de retrouver ses esprits, avant de saluer Mark d'un signe de tête.

Le moniteur se contenta de secouer la tête. Il n'allait pas s'embêter à offrir le moindre commentaire ou argument. Mais quelqu'un d'autre le fit à sa place.

« Vous êtes parti plus longtemps que vous n'étiez censé le faire, soldat. »

Dylan fusilla le docteur Patel du regard. Mais, même si Dylan faisait bien quarante centimètres de plus que son aîné, ce dernier n'en avait pas moins une présence imposante. Malgré son sourire, son regard sévère et aiguisé ne manquait pas le moindre détail. Sous son ton strict, les notes chantantes de son accent indien redonnaient à sa voix une chaleur paternelle.

« J'y survivrai. »

Dylan avança vers le docteur, retenant tant bien

que mal une grimace face à la rébellion de sa prothèse. Il savait très bien que le psychologue, qui le regardait en haussant un sourcil, n'était pas dupe.

« Ce n'est pas parce que vous pouvez y survivre que vous devriez le faire. »

Le docteur Patel s'approcha à son tour mais, tout comme Mark, il avait appris à n'offrir son aide que lorsqu'elle était absolument nécessaire. Dylan, lui, s'assurait qu'elle ne le soit jamais. Il n'avait pas besoin d'aide, seulement de réajuster sa charge.

Sa prothèse s'était probablement déboîtée. Il resta debout un instant, appuyant de toutes ses forces sur son moignon jusqu'à entendre le cliquetis caractéristique de l'emboîture en train de se reconnecter avec le manchon.

« Mon boulet et moi nous entendons très bien. »

Dylan se redressa, retrouvant sa taille habituelle. La prothèse lui faisait gagner quelques centimètres. Il fallait bien un avantage.

« Votre corps est en train de guérir, dit le docteur Patel. Tous les hommes qui vivent ici se portent plutôt bien d'un point de vue physique. Mais vous devez aussi prendre soin de vos cœurs. C'est l'amour qui guérira vos blessures internes. »

Dylan avait déjà entendu ce discours plusieurs fois. Certes, il avait accepté de suivre une thérapie pour son esprit. Après tout ce qu'il avait traversé, il reconnaissait avoir besoin de parler à quelqu'un des horreurs de la guerre. Mais il n'appréciait pas les moments où ce bon docteur commençait à parler de cœur.

« Vous pourriez peut-être faire venir votre famille ? » suggéra le docteur Patel.

Dylan secoua la tête. Il n'avait aucune envie de voir sa famille, qui lui avait d'ailleurs bien fait comprendre que, maintenant qu'il n'était plus qu'un demi-homme, elle s'en sortirait très bien sans lui.

« Ou peut-être un rendez-vous galant en dehors du ranch ? » proposa ensuite le docteur.

Aucun des vétérans du ranch n'avait de « rendez-vous galant ». Enfin, à part Xavier Ramos, mais il avait encore tous ses membres et sa belle gueule. Les femmes avec qui il sortait ne risquaient pas de voir sa blessure, sauf s'il se déshabillait.

« Cela dit, je reste peu convaincu par l'idée de rencontrer des gens via des applis ou sur l'ordinateur, continua le docteur Patel. Chez moi, nous faisions confiance à nos aînés pour trouver nos partenaires. »

Dylan avait déjà rencontré Mme Patel à plusieurs occasions. La vue de leur couple lui réchauffait toujours le cœur. Ils prenaient soin l'un de l'autre, échangeaient des sourires complices, se chamaillaient pour des détails.

Dylan avait toujours cru qu'il aurait un jour cette chance, mais la femme à laquelle il avait offert sa bague la lui avait rendue avant même sa sortie de l'hôpital. Sa blessure ne lui avait pas permis de lui courir après ; sa fierté ne l'aurait pas supporté ; et son cœur n'en avait pas fait une priorité.

« Je ne cherche pas vraiment l'amour pour le moment. »

Dylan prit soin de ne pas dire « du tout ». Il n'avait pas l'intention de chercher l'amour, que ce soit maintenant ou plus tard. Si même sa propre famille ne pouvait pas l'aimer, si sa fiancée l'avait quitté après avoir vu ce qu'il était devenu, comment une inconnue pourrait-elle jamais aimer l'homme qu'il serait pour le reste de ses jours ?

« C'est l'avantage des mariages arrangés, répondit le docteur Patel. On trouve le partenaire d'abord, l'amour vient avec le temps.

– Vous êtes prêt pour notre séance ? demanda Dylan en pointant le bureau du docteur Patel du doigt pour le distraire. J'ai fait quelques cauchemars. »

Contrairement à la plupart des autres vétérans

du ranch, Dylan ne faisait jamais de cauchemars. Son sommeil était toujours profond, sans rêves.

Encore une fois, le docteur Patel ne fut pas dupe, mais il laissa Dylan le précéder jusqu'à son bureau. Dylan savait que le vieil homme n'avait que de bonnes intentions, mais ce n'était pas un chemin qu'il comptait parcourir. Il avait assez souffert pour une vie entière.

CHAPITRE DEUX

Maggie baissa les yeux vers l'animal endormi sur la table d'opération. Les lumières vives du théâtre opératoire illuminaient la pièce, ne laissant aucune ombre masquer sa performance. La lame dans sa main avait perdu sa magie, et elle n'avait plus aucun tour dans son sac. Le chien allait perdre ses deux pattes arrière.

Bien qu'il ait été endormi, ses babines tremblaient, comme s'il savait ce qui était sur le point de lui arriver. Comme s'il essayait de faire bonne figure face à l'adversité. Maggie, plus que quiconque, pouvait comprendre ça. La vie avait sacrément rossé ce petit gars, et l'avait laissé seul pour en gérer les conséquences.

Il n'avait pas de médaille. Pas même un collier. Quelqu'un l'avait laissé à la porte de la clinique vétérinaire tôt ce matin-là. À son arrivée, Maggie l'avait trouvé en train de saigner sur les marches immaculées. Il lui avait adressé un regard inquiet, trop fatigué pour grogner, avant de se contenter de fermer les yeux, résigné, dans l'attente de ce qu'elle allait bien pouvoir lui faire de pire. Ce qu'elle avait fait, c'était le prendre dans ses bras, et se mettre au travail.

L'histoire de ce chien ressemblait à la sienne. Sans jamais avoir subi de violences physiques, Maggie avait reçu sa part d'abus émotionnels. Ses parents l'avaient abandonnée quand elle était à l'école primaire. Littéralement. Ils l'avaient déposée le matin et n'étaient jamais venus la chercher.

Elle avait été placée en foyer en attendant leur retour. Mais ils n'étaient jamais revenus.

Au début, elle s'était dit que c'était normal. Elle savait que beaucoup d'animaux abandonnent leurs enfants très tôt. Mais ce raisonnement n'avait pas tenu longtemps : elle voyait bien les autres parents venir chercher leurs enfants à l'école, les faire monter dans la voiture, les ramener à la maison. Elle pouvait voir les fratries et les enfants venant du même quartier ou partageant un intérêt commun s'assembler pour former des meutes, s'attaquant aux enfants solitaires.

Maggie n'avait personne. Les autres enfants placés ne l'acceptaient pas dans leurs groupes ou finissaient par être adoptés et ne jamais revenir. Maggie n'avait jamais eu de meute, ou du moins pas une formée d'autres humains.

Aucun adulte n'avait jamais pris sa défense. Elle avait été laissée là, en foyer, sans jamais trouver de famille qui l'adopterait et ferait d'elle l'une des leurs. Elle avait été « accueillie », c'est-à-dire utilisée pour obtenir des compensations ou de l'aide bon marché, jusqu'à ce qu'elle soit devenue assez âgée pour s'occuper d'elle-même et sortir de ce cercle vicieux.

Mais ce pauvre chien ne pouvait même plus tenir debout à cause de sa blessure. Il ne courrait plus jamais. Personne ne voudrait d'un chien handicapé. Personne ne prendrait sa défense et il allait devoir être endormi pour de bon.

Maggie reposa son scalpel et attrapa l'aiguille remplie de liquide bleu. Le pentobarbital serait une délivrance pour cette pauvre créature. Elle en était consciente. Elle avait vu un nombre incalculable de cas, provoqués par une autre blessure ou une maladie, qui avaient fini juste ici, sur cette table, sous ces néons, au milieu du théâtre opératoire, sans personne pour regarder ou même s'intéresser au spectacle.

« Maggie, dépêchez-vous de boucler. Je suis attendu sur le green à 14h pour un *tee time*. »

Le docteur Art Cooper était le propriétaire du théâtre sur les planches duquel Maggie jouait. Il avait un scénario pour ce genre de moments, et l'histoire se terminait toujours de la même façon.

« Piquez-moi donc ce clébard, que je puisse fermer. »

Il avait prononcé ces paroles sans même un regard pour elle ou pour l'animal dont la vie se terminait.

Un bruit de l'autre côté de la porte força le docteur Cooper à relever les yeux. Il plaqua une expression d'intérêt sur son visage alors que l'une des nouvelles infirmières traversait la pièce. Bien entendu, il lui adressa un sourire. Il fallait bien qu'il donne l'impression d'être quelqu'un de bien.

Quelques secondes plus tard, son expression d'intérêt se transforma en enthousiasme quand une cliente lui présenta son chat âgé, arthritique et malodorant. C'était une très bonne cliente ; elle ne manquait aucun des examens qu'il lui suggérait, achetait chaque mois la marque de nourriture la plus chère dont il faisait la promotion, et était toujours prête à jeter un œil aux nouvelles formules d'assurance pour son matou. Son expression animée disparut à peine la dame et son chat sortis, vite remplacée par un air de dégoût.

Maggie détestait cet homme. Comment pouvait-on travailler avec des animaux sans avoir la moindre affection pour eux ? Ils ne représentaient rien d'autre à ses yeux qu'une source de revenu. En tant que technicienne vétérinaire, elle avait la chance de ne pas gagner suffisamment pour la rendre aussi insensible.

Enfin, pas vraiment. Ce n'était en aucun cas une chance, étant donné que cela ne lui permettait pas de prendre en charge un autre animal blessé. Maggie baissa de nouveau les yeux vers le chien endormi sur la table. Elle vit qu'une unique larme coulait le long d'une de ses joues, et le barrage céda.

Maggie releva les yeux vers le docteur Cooper, plaquant sur son visage un sourire tout aussi faux que le sien.

« Vous pouvez y aller, ne vous mettez pas en

retard. Je finis de m'occuper de ça, et je fermerai à votre place. »

Le docteur Cooper lui jeta un regard méfiant avant d'observer le chien.

« Nous n'allons pas ravoir le même problème, pas vrai ? Vous avez déjà reçu un avertissement. Un de plus et ce sera terminé. »

Voilà le problème avec les médecins : ils sont plus intelligents que la moyenne. La dernière fois qu'on avait demandé à Maggie d'euthanasier un chien, elle l'avait emporté par la porte arrière de la clinique. Il vivait désormais confortablement chez elle. Probablement dans son placard, sur une pile de chaussures, à l'heure actuelle.

« Cet animal n'aura pas une vie confortable, lui expliquait le docteur Cooper. Rien que son entretien coûterait plusieurs centaines de dollars par mois. »

Mais toute vie ne valait-elle pas au moins ça ? voulait-elle répondre. Mais elle ne dit rien. Elle choisit plutôt de dire la vérité.

« Je comprends. J'ai bien retenu la leçon. J'ai besoin de ce travail pour prendre soin des animaux que j'ai déjà. »

Elle avait quatre chiens, souffrant chacun d'une blessure ou d'une maladie qui lui coûtaient chaque mois plus cher que son loyer. Si elle perdait ce travail, elle n'aurait plus d'argent ni pour prendre soin d'eux, ni pour leur offrir un toit.

Maggie ramassa l'aiguille et lui donna quelques pichenettes de l'index.

Le docteur Cooper regarda l'horloge, puis Maggie. Son *tee time* l'emporta, comme elle s'en était doutée. Il fit demi-tour dans ses bottes en crocodile et sortit.

Maggie poussa un soupir de soulagement et reposa l'aiguille. Elle mit quelques pansements au chien. Sa blessure n'était pas toute neuve et avait déjà commencé à cicatriser. Maintenant, il ne lui restait plus qu'à soigner son esprit en plus de son corps.

Maggie enroula le chien dans une couverture et se dirigea vers l'arrière de la clinique. Elle était presque à la porte quand, au détour d'un couloir, le docteur Cooper releva les yeux de sa montre, droit vers elle. Et, bien sûr, c'est ce moment que le chien choisit pour se réveiller du sommeil dans lequel les médicaments l'avaient plongé et aboyer.

C'était un aboiement faible, pas tout à fait réveillé, qu'elle aurait pu faire passer pour un grondement de son estomac. Elle avait encore sauté le déjeuner. Mais pour le filet de liquide qui s'écoula de la couverture droit sur les bottes hors de prix du docteur Cooper, elle n'avait aucune excuse. En fait, elle en était même plutôt satisfaite.

C'était un bon petit chien. Elle n'était pas sûre de savoir comment elle allait le nourrir et s'en occuper maintenant qu'elle n'avait plus de travail, mais elle allait le garder.

CHAPITRE TROIS

Dylan retourna vers les écuries après sa séance avec le docteur Patel. Le bon docteur n'avait pas insisté sur les faux cauchemars. Il n'avait pas non plus insisté sur la question des rendez-vous galants. Non, il avait fait pire que ça. Il avait encouragé Dylan à lui parler de ses fiançailles brisées.

Hilary Weston avait été la fille d'à côté. Il s'avérait simplement que son « à côté » était situé à l'étage inférieur du penthouse de l'un des immeubles les plus huppés de New York. À force de vivre juste au-dessus d'elle, de la voir se pomponner juste en-dessous de lui, il était inévitable que Dylan finirait par l'avoir à son bras.

Hilary avait été toutes les premières fois pour

Dylan. Son premier béguin. Sa première petite amie. Sa première... tout.

Elle n'avait pas été ravie d'apprendre qu'il comptait s'engager dans l'armée. Entre l'argent de sa famille et ses propres investissements, Dylan aurait pu se reposer sur ses lauriers pendant plusieurs vies. Mais il s'était senti appelé.

En partant, il avait promis de ne faire qu'une seule période de service avant de revenir pour un mariage aussi grandiose qu'elle voudrait. En plaisantant, ils s'étaient dit qu'il faudrait bien à Hilary l'intégralité de sa période de service pour préparer la soirée mondaine de la décennie. Mais quand Dylan était revenu couvert d'hématomes et avec une jambe en moins, Hilary avait changé de plan.

Héritière elle aussi, elle n'avait jamais accordé la moindre importance au fait qu'il puisse subvenir à ses besoins financiers. Ni à son statut de héros de guerre. Hilary était la coqueluche de leur milieu, une habituée des pages des magazines people. Les apparences lui importaient, et un guerrier blessé, avec ses hématomes et son moignon, n'était pas du meilleur effet.

Elle avait laissé claquer derrière elle la porte de la chambre de l'hôpital militaire. En l'espace des six derniers mois, elle s'était fiancée à un autre homme et l'avait épousé. Dylan avait entendu dire que ce type était une star de la télé-réalité, et qu'Hilary l'était donc devenue, elle aussi.

Il aurait aimé se dire qu'il l'avait échappé belle, mais il avait échappé à bien pire pendant la guerre. Son rejet n'en était pas moins douloureux.

Mais cette vie était derrière lui. Sa réalité était ici désormais. Et il s'y épanouissait.

Dylan chassa ces souvenirs amers et balaya le ranch du regard. Il avait renoncé à la haute société pour curer des écuries et labourer la terre. La meilleure décision de sa vie.

Le ranch battait de l'aile avant qu'il n'y injecte ce qui correspondait à une toute petite partie de son héritage. Ses parents avaient d'abord rechigné à cette idée avant de se rendre compte que leur fils difforme serait ainsi camouflé aux yeux de la société, ainsi qu'aux leurs. Comme Hilary, les Banks tenaient à préserver les apparences. Un soldat décoré au service de son pays avait fière allure. Un amputé clopinant, beaucoup moins.

Pour la deuxième fois ce jour-là, le bruit des sabots lui rappela celui de l'artillerie. Mais le stress post-traumatique de Dylan ne l'affectait pas comme les autres. Il avait été bien plus traumatisé par le rejet de sa famille que par la guerre. Il ne put donc que sourire en voyant Sean Jeffries arriver au trot.

Sean était rentré de la guerre avec tous ses membres. Mais, comme tous les hommes qui vivaient au ranch, il avait laissé une part de lui-même au front. Sean salua Dylan d'un hochement de tête, abaissant son chapeau de cow-boy sur son front à la peau brune. Des lunettes de soleil noires cachaient son visage, obscurcissant presque toute sa personne du haut de sa monture. Sean n'aimait pas que les gens voient les cicatrices qui barraient son visage.

Pourtant, il se tenait bien droit, la tête haute. La vie prenait un nouvel aspect depuis le dos d'un cheval. La thérapie n'aidait pas seulement à guérir les blessures physiques ; elle rétablissait aussi l'équilibre, la précision des mouvements et la coordination. Diriger un animal aussi imposant et regagner le contrôle de son corps augmentait l'estime que les soldats avaient d'eux-mêmes et leur redonnait une part de liberté.

Le ranch ne proposait pas uniquement de l'hippothérapie. Le jardinage était très utile pour les fonctions sensorielles et tactiles. Les tâches du quotidien, comme pousser une brouette, ratisser, bêcher, désherber, planter et même arranger des fleurs participaient au rétablissement des fonctions motrices.

À genoux dans le jardin, Reed Cannon déplaçait la terre pour planter des fleurs qu'il espaçait régulièrement. D'une main, il travaillait le terreau fertile, tandis que l'autre reposait, raide, dans la terre. La main raide était une prothèse. Il avait perdu la vraie dans la même explosion qui avait emporté la jambe de Dylan.

Dylan traversa leur havre de paix, passant devant les campanules violettes auxquelles le ranch devait son nom. Il n'y avait pas que des fleurs et des légumes dans les jardins de ce sanctuaire : un jardin de papillons offrait aux vétérans un espace paisible où se retirer. Le ranch n'était pas là pour guérir uniquement leurs troubles physiques ou psychologiques, mais aussi leurs séquelles émotionnelles. Dylan et les autres soldats avaient dégagé des chemins pour les fauteuils roulants pour rendre le tout accessible à tous.

Des vétérans plus âgés venaient parfois aussi au ranch pour soigner des blessures rapportées de guerres terminées depuis longtemps mais aux cicatrices encore fraîches. Dylan espérait pouvoir un jour ouvrir le ranch à des jeunes en difficulté pour leur offrir l'attention dont ils avaient besoin pour avoir l'espoir d'un avenir radieux. C'est pour cela que, non, il ne regrettait pas d'avoir laissé la haute société derrière lui. La société dont il rêvait, c'était celle qu'il créait ici.

Alors que Dylan s'éloignait des jardins, l'odeur du bétail lui envahit les narines. Francisco DeMonti traversait le troupeau de moutons. Prendre soin d'animaux de taille moyenne aidait les vétérans à réapprendre à former des relations. Les animaux étaient les cobayes parfaits ; la plupart offraient un amour inconditionnel, surtout si la main qui leur était tendue contenait de la nourriture.

Fran n'avait aucune cicatrice visible. Ses blessures étaient toutes internes, mais ne risquaient pas moins de le tuer pour autant.

« Ta sortie de ce matin s'est bien passée ? »

Fran sortit de l'enclos et rejoignit Dylan sur le chemin qui menait au bâtiment principal. Dylan hocha la tête.

« Un vieux copain du centre pour les vétérans m'a appelé, expliqua Fran. Ils se demandent si on pourrait héberger quelques soldats de plus ?

– On a la place. »

Il y avait plusieurs logements sur le ranch, même si la plupart des soldats repartaient à la fin de leur thérapie ou de leur rééducation. Beaucoup avaient des familles à retrouver ou se rendaient compte que la vie au ranch ne leur convenait pas sur le long terme. Les cinq vétérans qui avaient fait du ranch leur foyer n'avaient nulle part où aller ou n'avaient pas envie d'y retourner. Leur vie était ici désormais. Dylan réaffirma :

« On accueillera tous ceux qui ont besoin d'aide. »

Et ils pouvaient se le permettre à moindre coût. Entre leurs pensions, que Dylan interdisait aux autres de dépenser pour le ranch, les aides du gouvernement, que Dylan reversait en bonus de salaires aux employés, et ses propres fonds, qui absorbaient le plus gros des dépenses, ils n'auraient jamais besoin de refuser qui que ce soit. Contrairement à ce que sa famille lui avait fait subir.

« Bonne soirée les garçons ! »

Le docteur Patel retournait à sa voiture, sa mallette dans une main et une Bible dans l'autre. Outre son statut de psychologue agréé, le docteur était également membre du clergé.

« Vous allez à l'église ? demanda Fran.

- Tout à fait, répondit le docteur avec un sourire. J'ai de la place sur le siège passager si vous voulez m'accompagner.

- Une autre fois. »

Dylan ne dit rien. Il n'avait toujours pas retrouvé une excellente relation avec celui d'en haut, et n'était pas tout à fait prêt à y travailler ce jour-là. Mais le docteur Patel se contenta de leur adresser un sourire entendu. Si Dylan n'avait pas eu autant de respect pour cet homme, il aurait détesté son attitude perpétuellement optimiste, sa patience infinie face à l'adversité, et sa confiance constante en toute chose.

Alors que le docteur Patel ouvrait la portière, une autre voiture se gara. C'était un modèle de luxe haut-de-gamme. Pendant un instant, Dylan se demanda s'il s'agissait de son père. Mais il savait que son père ne quitterait jamais Manhattan pour venir dans un trou perdu au beau milieu des États-Unis.

L'homme qui descendit de la voiture portait un costume hors-de-prix. Du prêt-à-porter, pas du sur mesure. Son père n'aurait jamais supporté d'être vu vêtu d'une tenue qui n'aurait pas été cousue main pour lui. Dylan reconnut Michael Haskell, l'agent immobilier en charge du ranch.

Michael Haskell était quelqu'un de pragmatique qui allait droit au but, sans s'embarrasser de politesses ou de détails futiles. Cela faisait presque un an que Dylan louait les terres en attendant la finalisation de la vente. Il ne restait plus que quelques détails à régler avant que l'acte de propriété ne soit entre ses mains.

« On a un problème, déclara Haskell. Ces terres sont censées être à usage familial. La vente ne pourra être conclue que si des familles y vivent.

– Les soldats de l'unité forment une famille, répondit Dylan.

– Les soldats forment un groupe d'homme, rétorqua Haskell, dont aucun n'est marié. »

Dylan ne comprenait pas où était le problème. Il voulait acheter des terres, pas un parc d'attraction. Qu'est-ce que cela pouvait bien faire, que les occupants soient mariés ou non ?

« Qu'est-ce qu'on peut faire ? demanda Fran, toujours pragmatique. Est-ce que le zonage peut être modifié ?

– Cela prendrait des mois, et vous devriez évacuer la propriété dans l'intérim, répondit Haskell. Je suppose qu'aucun de vous n'a l'intention de se marier prochainement ? »

CHAPITRE QUATRE

« Deux chiens, j'ai laissé couler, même si les règles indiquent clairement un petit chien maximum. Mais en deux ans, vous avez accumulé quatre chiens, dont seulement deux petits. »

Maggie tenait l'un des petits chiens dans ses bras en écoutant son propriétaire. Guerrière avait perdu sa patte avant après avoir été renversée par une voiture. Elle avait été amenée à la clinique durant le premier mois de Maggie à ce poste. Maggie avait réussi à la soigner, amputant sa patte blessée et lui apprenant à marcher sur trois pattes. La petite chienne s'était épanouie, mais personne n'était venu la récupérer ou lui donner une nouvelle maison. Sur le point d'être euthanasiée, elle avait disparu comme par magie peu de temps avant son rendez-vous avec la mort.

Maggie posa Guerrière sur le plancher de l'entrée. Ses griffes cliquetèrent sur le sol tandis qu'elle s'éloignait d'un pas nonchalant, visiblement aussi peu ravie de la présence de M. Hurley que lui l'était de la sienne.

Les trois autres chiens desquels parlait M. Hurley se tenaient à l'écart. Bien qu'en général très affectueux et impatients de rencontrer de nouvelles personnes et de transformer en nouvel ami humain quiconque passait la porte ou venait à leur rencontre à l'extérieur, ils savaient instinctivement que M. Hurley n'était pas du genre à faire ami-ami.

« Et maintenant vous voudriez en ajouter un cinquième ? »

Le ton de M. Hurley devenait exaspéré. Le cinquième chien était terré sous la table basse. Il s'était plutôt bien remis de son opération, et était debout et prêt à explorer son nouvel environnement dès le lendemain. Maggie l'avait harnaché à un fauteuil roulant pour chien qu'elle avait construit elle-même. Il ne lui avait fallu qu'une journée pour maîtriser ce nouvel équipement, et il faisait désormais le tour du petit appartement à la vitesse de l'éclair. Maggie l'avait appelé Pirouette.

Maggie se pencha pour le prendre dans ses bras, puis se retourna vers son propriétaire avec son sourire le plus attendrissant. C'était tout ce qu'il lui restait, puisqu'elle n'avait même plus de travail pour payer son loyer. Elle espérait que l'adorable museau du terrier irlandais saurait convaincre M. Hurley.

« Ils ne vous ont jamais causé le moindre problème. »

En prononçant ces paroles, elle pressa son visage contre le museau de Pirouette, qui lui lécha la joue avant de cacher sa tête sous son menton.

« C'est à peine si on se rend compte qu'ils sont là. »

Ses chiens n'aboyaient presque jamais. Maggie se doutait qu'ils avaient appris que hausser la voix pouvait leur valoir des coups de la part des humains. Ils étaient donc plutôt silencieux.

Elle ne mentionna pas que Stevie, son rottweiler à moitié aveugle, avait griffé les placards de la salle de bain. Ni que Bonbon, le golden retriever diabétique, avait vomi dans la chambre tellement souvent que même Maggie n'arrivait plus à en ignorer l'odeur.

Ça n'aurait rien changé. M. Hurley ne se laissa pas émouvoir par leurs yeux de chien battu.

« Ce n'est pas le problème. Vous avez enfreint les règles. Pour deux chiens, j'aurais fermé les yeux, mais pas pour cinq. À moins de vous plier au règlement et de vous contenter d'un seul petit chien, il va falloir que vous trouviez un autre endroit où vivre.

– Vous n'êtes pas sérieux ? Je ne peux pas choisir entre mes chiens.

– Vous n'avez qu'à leur trouver de bons foyers, dans d'autres familles. »

Comme si c'était possible. C'était bien pour ça qu'ils étaient tous là. La plupart des célibataires actifs et des familles avec enfants n'avaient pas la moindre envie d'accueillir un chien âgé ou estropié. Tout ce qu'ils voulaient, c'étaient des chiots à peine sortis du ventre de leur mère qui couraient partout sur leurs quatre pattes, avec assez d'énergie pour jouer à la balle.

Et elle savait d'expérience qu'elle ne pourrait pas confier ses chiens à un refuge en attendant de trouver un nouveau chez-elle. Ils seraient euthanasiés avant la fin de la semaine. Et encore fallait-il qu'elle réussisse à trouver un nouveau travail pour mettre un toit au-dessus de leurs têtes, de la nourriture dans leurs gamelles, et des médicaments dans leurs corps.

Qu'allait-elle pouvoir faire ?

M. Hurley, sourd à ses protestations, s'éloigna sans un mot de plus.

C'était un sacré coup, dont elle savait qu'il risquait d'arriver. Elle enfreignait les règles depuis un moment déjà. Mais elle n'aurait jamais cru qu'il l'expulserait vraiment. Désormais, l'heure semblait venue. Elle n'avait plus de travail, et nulle part où vivre.

Mais elle n'allait pas abandonner. Elle n'abandonnait jamais. Peu importe la gravité de la situation. Il y avait toujours une solution.

Maggie empila les chiens un par un dans le coffre de sa camionnette. Pour leur éviter des blessures supplémentaires, elle devait les enfermer dans des caisses de transport pendant les trajets. Elle plaça Guerrière le chihuahua, Étoile le carlin et Pirouette dans le coffre. Pirouette n'apprécia pas du tout d'être ainsi confiné et commença immédiatement à gémir. Maggie prit le temps de le calmer à l'aide d'un jouet à mordiller, puis plaça Bonbon le golden retriever sur la banquette arrière avant d'y guider également Stevie le rottweiler aveugle.

Une fois toute l'équipe en place, elle démarra en

direction du seul endroit auquel elle pouvait penser. L'église. Il lui faudrait au moins un miracle pour se sortir de cette situation.

L'église était nichée dans un coin de la ville, comme un secret. Mais les membres de la congrégation étaient nombreux ; ils l'étaient déjà quand Maggie l'avait intégrée à l'adolescence. À côté de l'église s'élevait le centre d'hébergement gris et froid où Maggie avait passé l'essentiel de sa jeunesse, comme une sœur laide et terne à côté des briques rouges et des moulures blanches de l'église.

C'était à l'église que Maggie avait trouvé le réconfort pendant ses nuits les plus sombres. Elle avait prié pour que Dieu lui ramène ses parents. Quand ses prières n'avaient trouvé aucun écho, elle avait prié pour qu'une nouvelle maman et un nouveau papa l'aiment de tout leur cœur. Mais même quand ces prières-là n'avaient pas reçu la réponse qu'elle espérait, Maggie n'avait pas abandonné ; un jour, à genoux au milieu des bancs, elle avait relevé les yeux et s'était rendu compte que les membres de la congrégation étaient devenus sa famille.

Elle se gara sur le parking derrière l'église. Elle sortit les chiens un par un de la camionnette puis les emmena vers la pelouse de la cour où nombre de pique-niques estivaux avaient eu lieu. Le pasteur David avait été un grand amoureux des chiens. Cet amour partagé des animaux les avait beaucoup rapprochés quand Maggie était jeune. Elle avait espéré que le pasteur David finirait par l'adopter, mais il était resté célibataire toute sa vie. Cependant, sa porte lui était toujours restée ouverte. Et cette politique de la porte ouverte avait continué même après sa mort.

« Mais voilà ma vétérinaire préférée. »

Maggie se retourna en entendant une voix familière. Son sourire s'élargit et elle ouvrit les bras avant même de voir le pasteur Patel.

« Et voilà mon psy préféré. »

Ils s'enlacèrent. Juste avant qu'il ne s'éloigne, Maggie serra une dernière fois l'homme dans ses bras. Elle n'avait pas été enlacée comme ça depuis trop longtemps, et elle en avait particulièrement besoin ce jour-là.

Le pasteur Patel recula sans rompre le contact. Il ne posa pas de question mais se contenta de pencher la tête sur le côté, l'observant en silence de ses yeux brun clair.

« Tout va bien. »

Elle essaya d'éloigner son inquiétude d'un geste, mais les larmes s'étaient déjà formées dans ses yeux.

Maggie ne pleurait jamais. Au foyer, elle avait compris que cela ne servait à rien. Elle ne recevrait pas plus d'attention que les autres pour autant. Même en famille d'accueil, elle savait que cela ne servait à rien. La famille ne se souciait pas d'elle, seulement du fait qu'elle leur amenait une compensation financière et qu'elle était assez âgée pour s'occuper des autres enfants placés.

Mais, comme le pasteur David, le pasteur Patel s'était toujours soucié d'elle. Et il avait toujours réussi à la faire parler de ses sentiments.

« Je viens de passer la pire semaine de ma vie. »

Comme s'il avait compris qu'elle parlait de lui, Pirouette vint s'appuyer tout contre sa jambe, ses roues s'arrêtant de tourner tandis qu'il lui adressait un regard d'excuse.

« Je vois que la meute a un nouveau membre. »

Le pasteur Patel se pencha, offrant le dos de sa main au chien. Pirouette renifla la main tendue. Puis la lécha. Puis lui donna un petit coup de tête, comme s'il reconnaissait que le pasteur était quelqu'un de bien.

Maggie renifla elle aussi, puis tout sortit d'un coup.

« J'étais censée l'euthanasier parce qu'il était blessé. Quand j'ai dit non, ils m'ont virée. Et maintenant mon propriétaire dit que je dois me débarrasser de quatre d'entre eux si je veux garder l'appartement. Comment les gens peuvent-ils être aussi cruels ? Ces chiens sont ma famille. Ce n'est pas parce qu'ils sont blessés qu'ils ne méritent pas d'être aimés ! »

Le pasteur baissa les yeux vers elle. Son regard lui rappelait toujours celui d'une statue de Bouddha. Elle savait qu'il avait lu tout cela en elle avant même qu'elle n'ouvre la bouche.

« Bien sûr, ma chère. L'amour est la meilleure manière de soigner un animal blessé.

– Je ne savais pas où aller, dit Maggie. J'espérais un miracle. »

Le pasteur hocha la tête, ses yeux pétillants à la lumière d'une révélation.

« Je pense que je peux t'aider. »

CHAPITRE CINQ

« Mariés ? Avec des femmes ?

– À moins que tu nous aies caché des choses, Ramos. »

Xavier Ramos tendit le bras pour mettre une claque derrière la tête de Reed Cannon, mais son ami leva sa prothèse de main pour parer l'attaque. Ses réflexes étaient intacts, eux. La chair de Xavier frappa le métal de Reed, le faisant grimacer.

« On ne peut vraiment pas modifier le zonage ? » demanda Sean Jeffries, qui avait enlevé ses lunettes de soleil maintenant qu'ils étaient tous à l'intérieur d'une des granges du ranch.

Les soldats avaient transformé cette ancienne grange en salle de jeux, avec de grands écrans plats, une vieille stéréo qui lisait cassettes et CD et toutes les consoles possibles et imaginables, y compris une vieille Atari miraculeusement ressuscitée par le génie technologique de Reed.

« Ça serait extrêmement long, répondit Dylan. Et on devrait quitter le ranch le temps que les pouvoirs en place se chargent de toute la paperasse. »

Ils avaient beau être tous confortablement installés dans des fauteuils ou sur des tabourets de bar, un bourdonnement d'anxiété traversa la pièce. Le ranch était leur sanctuaire, leur foyer. Même pour ceux qui avaient un endroit où aller, partir n'était pas une option.

Contrairement à Dylan, la famille de Sean ne l'avait pas rejeté. Ils appelaient le ranch régulièrement. C'était Sean lui-même qui ne voulait pas qu'ils le voient. Les cicatrices sur son visage n'étaient pas la seule chose dont il avait honte. Souffrant de stress post-traumatique, il avait tendance à avoir des flash-backs. Il pouvait être transporté jusque dans les déserts déchirés par la guerre du Moyen-Orient dans son sommeil, ou tout simplement à cause d'un bruit soudain dont il n'arriverait pas à identifier la cause. Les hommes qui l'entouraient avaient appris à gérer ses crises, mais il était terrifié à l'idée de blesser l'un de ses proches. C'est pour cela qu'il se tenait à l'écart de sa famille et refusait ses appels.

« Vous ne vous rendez pas compte que la solution est évidente ? »

Tous se tournèrent vers Reed dans l'attente de sa révélation. Il prit son temps. De temps en temps, il appréciait les effets dramatiques.

« Il suffit qu'on se marie. »

Certains levèrent les yeux au ciel et tous se détournèrent après cette déclaration. Tous, sauf Fran.

« Ce n'est pas une mauvaise idée, dit-il. Les gens font ça tout le temps. Pour des permis de séjour, pour des raisons financières... Il y a même des imbéciles qui le font pour une chose qu'ils appellent l'amour. »

Dylan lui-même avait été de ces imbéciles qui espèrent se marier par amour. Ou en tout cas pour ce qu'il pensait être de l'amour. Il ne savait pas d'où cette idée lui était venue, puisque même ses propres parents ne s'aimaient pas.

Catherine et Charles Banks s'étaient mariés pour maintenir leur statut social. Le problème, c'est qu'ils ne pouvaient pas se supporter, même si le reste de la société n'en saurait jamais rien. Durant les soirées, ils jouaient le jeu de la dévotion et de la compatibilité. Ils en avaient fait de même à la maison pendant l'enfance de Dylan, mais avaient bien vite fini par ne plus se préoccuper de ce qu'il voyait derrière les portes fermées de leurs nombreuses résidences, qu'ils occupaient en général séparément.

« Qui voudrait épouser une bande de soldats abîmés ? demanda Sean.

– Hé, on n'est pas abîmés. »

Dylan était presque convaincu de ce qu'il était en train de dire.

« On a servi notre pays. On est bourrés de talents. On est loyaux et dévoués. »

Son ton avait beau être passionné, les visages autour de lui restaient dubitatifs.

« Frances n'a pas tout à fait tort. »

Xavier avait utilisé la version féminine du nom de Fran pour l'agacer ; ils le faisaient tous de temps en temps.

« Il y a plein de femmes fauchées qui auraient probablement besoin d'un endroit où vivre, d'argent dans leurs poches, ou juste de prendre leur pied. »

C'était maintenant au tour de Dylan de lever les yeux au ciel au vu du tour absurde que prenait la discussion. Il avait besoin que ses hommes se concentrent pour trouver des solutions viables à ce problème très réel. Mais ils écoutaient tous les idioties de Xavier.

« Le docteur Patel n'arrête pas de dire qu'il nous faut une femme bien pour guérir nos cœurs. »

Reed avait pris le relais de cette folie. C'était un romantique pur et dur, qui pensait encore que l'amour n'attendait que de se blottir dans ses bras.

« C'est peut-être le bon moment.

— Le docteur aussi a eu un mariage arrangé, ajouta Fran. Et ça lui a plutôt bien réussi.

— On est dans le grand Ouest, acquiesça Reed. Ce genre de chose arrivait tout le temps ici avant. Vous vous souvenez de *Gold Rush Brides*[1] ?

— Ça, c'était en Californie, rétorqua Sean en bonne encyclopédie vivante. Ici, ce serait plutôt du mariage par correspondance.

— Par e-mail, tu veux dire, dit Fran. Plus personne n'utilise la poste.

— On ne va pas aller chercher des femmes sur un site de petites annonces, asséna Dylan en se pinçant le nez et plissant les yeux d'exaspération.

— Comment on va faire pour rester ici, alors ? »

Dylan ne savait pas bien qui avait dit ça, mais il savait qu'ils le pensaient tous. Il rouvrit les yeux pour faire face à cette pièce remplie de ses hommes.

Ils s'en étaient remis à son commandement durant les combats, et ils s'en remettaient encore à lui aujourd'hui. Comment allaient-ils bien pouvoir remporter cette bataille singulière sur le front domestique ?

« On déposera une requête auprès de la cour, répondit Dylan. J'ai quelques contacts au gouvernement.

– On a d'autres recrues qui doivent arriver dans quelques mois. Qu'est-ce qu'on fera d'eux ? »

Dylan n'avait pas de réponse à cette question. Il ne savait pas comment il allait faire pour accueillir d'autres soldats en convalescence si c'était pour potentiellement les renvoyer chez eux juste après. Il se préparait à se retourner quand un éclair de fourrure traversa la pièce en courant.

Non, « courir » n'était pas le bon verbe. Deux pattes avant couraient. Deux pattes arrière manquaient. À leur place, des roues servaient de jambes au petit chien et l'aidaient à se propulser en avant.

Dylan n'était pas le seul à avoir repéré l'animal. Les autres soldats se retournèrent, les yeux fixés sur la créature, qui le leur rendait bien. Il avait ralenti en sentant sur lui les regards de tous ces immenses humains.

Le sourire qui avait étiré le museau du chien se flétrit sous leurs regards inquisiteurs, et il ferma la bouche. Rentrant la langue jusqu'ici pendante, il laissa échapper un gémissement.

Dylan se pencha pour se mettre à la hauteur du chien. Il s'appuya sur son bon genou, un exploit difficile pour lui après cette longue journée. Mais il devait observer ce chien et son étrange appareillage de plus près.

Le chien avança lentement jusqu'à Dylan, qui lui tendit une main que le chien renifla prudemment, avant de la lécher.

Qui pouvait avoir osé prendre les pattes arrière de ce chien ? Mais, plus étrange encore, qui pouvait bien avoir pris le temps de fabriquer un engin qui redonnerait à l'animal un semblant de la vie qu'il avait autrefois menée ?

« Je suis vraiment désolée, dit une voix féminine. C'est mon chien. »

Dylan releva les yeux et vit une femme vêtue d'un t-shirt et d'un jean. Ses cheveux étaient attachés en une queue de cheval ébouriffée. Elle ne portait aucun maquillage. Elle avait le teint frais et un air sain et compétent.

Elle entra d'un pas décidé, pas comme sur un podium, mais comme si elle était en mission. Elle tendit la main vers le chien et Dylan remarqua que ses doigts n'étaient pas manucurés. Quand l'un de ses ongles rugueux effleura la peau de son avant-bras, Dylan ressentit comme une étincelle. Il en eut le souffle coupé, et elle aussi.

CHAPITRE SIX

*É*blouissant.

C'était le seul mot que Maggie trouvait pour décrire le bleu de ses yeux. Ils n'étaient pas vraiment cristallins ; il y avait dans l'iris une touche de bleu marine. Mais leur couleur était tout de même un tout petit peu trop claire pour être qualifiée de bleu marine. Alors ce serait « éblouissant ».

Et il la fixait du regard. Non, il ne la fixait pas. Il la contemplait.

Maggie connaissait la différence. Beaucoup de gens l'avaient fixée du regard en primaire en apprenant que le père Noël ne passait jamais chez elle. Ou au collège, quand elle portait des vêtements de seconde main démodés. Ou au lycée, quand elle s'était temporairement essayée au véganisme. Ou au travail, quand elle insistait pour sauver un animal clairement destiné au paradis des animaux domestiques.

Tous ces regards fixes disaient « Mais qu'est-ce qui lui prend ? » ou « Regardez-moi cette pauvre petite chose... » ou « Mais qu'elle est pénible ! ».

Rien de tout cela dans les yeux d'un bleu éblouissant qui la contemplaient. Plutôt de la curiosité. De la surprise. De... l'intérêt ?

Non. C'était impossible. Un homme aussi splendide, aux yeux aussi éblouissants, à la mâchoire carrée, aux cheveux blonds parfaitement ondulés, ne risquait pas de s'intéresser à une fille comme elle.

Maggie était quelconque là où lui était parfait. Elle était fine là où il était musclé et en forme. Ce n'est pas qu'elle était laide ; mais il était à tomber.

Elle se rendit alors compte que ce regard ne lui était pas destiné. Il avait levé les yeux de Pirouette pour la regarder. Cette curiosité, cette surprise, cet intérêt, étaient tous destinés à Pirouette et à son appareillage. Elle ne recevait que les résidus du regard qui s'était posé sur son chien.

Cela n'en restait pas moins un très bon point en faveur de cet homme. Il avait fait preuve de compassion et de douceur envers un chien, blessé qui plus est. Il avait soulevé Pirouette dans ses bras forts, appareillage compris.

Pirouette secouait gaiement la queue dans les bras de l'homme. Sa langue pendait sur le côté alors qu'il haletait joyeusement en offrant à l'homme son regard de chien battu le plus pur. Il gémit quand Maggie essaya de le récupérer. Et c'est à ce moment-là qu'elle la ressentit.

Même si Maggie n'avait que très peu d'expérience avec les hommes, elle avait le sang chaud. Elle savait ce qu'était l'étincelle. Et c'est précisément ce qu'elle ressentit quand elle effleura du bout des doigts cet homme imposant, éblouissant, qui la contemplait.

L'étincelle ne ressemblait pas à un brasier, mais plutôt à un cierge magique, comme ceux du 4 juillet, qui s'embraserait le long de sa peau. Elle aurait voulu frissonner, mais elle avait trop chaud.

« C'est votre chien ? » demanda-t-il.

Si sa peau faisait des étincelles, sa voix était comme du miel ; dorée et suave, avec juste ce qu'il fallait de douceur. Maggie prit un instant pour retrouver sa propre voix, mais même après cet instant ses paroles ne voulurent pas sortir de leur cachette. Elle se contenta donc de hocher la tête.

L'homme étira ses bras musclés pour lui tendre

Pirouette, mais le chien laissa échapper un nouveau gémissement. L'homme referma les bras autour du terrier, observant Maggie d'un air soupçonneux.

« On ne se connaît pas depuis longtemps, expliqua-t-elle. Seulement depuis que je l'ai sauvé il y a à peine quelques jours.

– Sauvé ? »

L'homme frotta d'une main la tête de Pirouette, qui fit le beau face à tant d'attention.

« Oui, de mon patron. Il voulait que je le tue. »

Des grognements sourds s'élevèrent dans la pièce. Maggie se retourna et vit qu'elle était entourée d'hommes tous aussi beaux et imposants que celui auquel elle faisait face. Mais elle ne ressentit pas la moindre trace de peur. Elle était plutôt douée pour évaluer le danger que pouvaient représenter les gens, et elle pouvait sentir que chacun de ces hommes serait prêt à prendre la défense des plus faibles.

« Je suis assistante vétérinaire, précisa-t-elle. Ou du moins je l'étais. Mon patron, le vétérinaire, voulait que j'euthanasie Pirouette. Il trouvait que ce serait lui faire une faveur, vu sa blessure. »

L'ambiance changea dans la pièce. Visiblement, elle se trouvait en présence de gens clairement en désaccord avec le pronostic du docteur Cooper.

« Donc au lieu de ça, je l'ai soigné et dognappé.

– Beau boulot ! lança l'un d'entre eux.

– Oui, enfin, j'y ai aussi perdu mon poste, répondit-elle. C'est pour ça que je suis ici. Je cherche le pasteur... Je veux dire, le docteur Patel. Il a dit qu'il y aurait peut-être une place pour moi ici ?

– Une place pour vous ici ? répéta l'homme qui tenait son chien dans ses bras.

– Oui, répondit Maggie avec un hochement de tête. Il m'a dit que le logement serait inclus, pour moi et mes animaux. Je viens d'être virée de mon appartement parce que j'avais trop de chiens. Donc j'espère que ce job va marcher, parce que c'est tout ce que j'ai. »

Des visages se tournèrent de droite à gauche. Les hommes échangeaient tous des regards, comme s'ils partageaient une bonne blague. Sauf que personne ne riait.

CHAPITRE SEPT

Dylan apprit qu'elle s'appelait Maggie. Ce nom lui allait bien, un son fort avec juste ce qu'il fallait de féminité.

Ils entrèrent les uns à la suite des autres dans le bureau du docteur Patel. Et par « ils », Dylan entendait lui-même, Pirouette, le chien qui s'était introduit dans la grange, Maggie, et sa chienne Guerrière, dont elle avait précisé qu'elle n'était pas à l'aise avec les inconnus. Ses trois autres chiens étaient restés à l'extérieur, découvrant leur nouvel environnement sous l'œil attentif des autres soldats.

Le rottweiler à l'œil balafré avait rapidement reniflé la jambe de Sean avant de commencer à le suivre aveuglément. Sean, après lui avoir gratouillé l'oreille, s'était mis à marcher lentement pour que le chien puisse le suivre malgré sa quasi-cécité.

Le carlin avec des plaques dégarnies en forme d'étoile sur le dos et le golden retriever obèse avaient commencé à jouer pathétiquement à la balle avec deux autres soldats. Reed envoyait la balle de son bras valide ; les chiens la rejoignaient d'un pas nonchalant, puis la regardaient fixement au lieu de la ramasser. Au bout d'un moment, Fran attrapait la balle, puis réessayait, sans plus de résultat.

Xavier se tenait en retrait. Il s'était présenté à Maggie avec un sourire en coin et un clin d'œil, mais Dylan n'avait pas été surpris de le voir reculer quand Maggie avait sorti les autres chiens de sa camionnette. À une époque, Xavier avait été du genre à aimer les chiens, mais c'était avant de perdre pas un, mais deux chiens de guerre.

Dylan tint la porte pour Maggie, puis attendit qu'elle soit assise avec son chihuahua sur les genoux avant de s'installer avec Pirouette, qui refusait toujours de s'éloigner de lui. Il ne put s'empêcher de remarquer qu'il manquait une patte avant au petit chien ; comme pour Pirouette, une prothèse l'aidait à se déplacer plus facilement. Il semblait bien que tous les animaux de Maggie étaient estropiés, d'une manière ou d'une autre.

Dylan dirigea son regard vers le docteur Patel, un air soupçonneux marquant les sillons de son front. Mais, comme d'habitude, ce dernier n'affichait qu'un sourire sage et patient. Le chihuahua descendit d'un bond des bras de Maggie et remua la queue jusqu'à ce que le docteur Patel l'attrape et la dépose sur ses genoux.

« Bien, Maggie, je vois que tu as rencontré Dylan. »

Maggie se tourna vers Dylan et lui sourit. Une fois de plus, il ressentit une sorte d'étincelle dans sa poitrine, une étincelle qu'il pensait éteinte depuis bien longtemps. Il avait le besoin pressant de se pencher jusqu'à sa chaise pour la renifler, comme Pirouette le faisait avec lui. Mais il retint cette pulsion ridicule, et passa les bras autour du chien comme pour se protéger.

« En effet, répondit Maggie le visage tourné vers lui. Vous êtes le responsable, c'est bien ça ? Je suis désolée, je n'ai pas préparé de tenue correcte ni apporté mon CV, je ne pensais pas que l'entretien aurait lieu aujourd'hui.

– L'entretien ? demanda Dylan en se tournant vers le docteur Patel.

– Comme je vous l'ai dit dans la grange, je suis assistante vétérinaire, expliqua Maggie. Le pasteur

Patel m'a laissé entendre que vous aviez besoin d'aide au ranch ? Je venais simplement me renseigner.

– Oh, Dylan a besoin d'aide, intervint le docteur Patel. Mais pas exactement pour ce genre d'emploi. »

Dylan sentit son visage devenir brûlant. Une douleur fantôme s'élevait de son genou manquant.

« Quel genre d'emploi ? demanda Maggie, encore inconsciente des machinations du docteur Patel.

– Du genre permanent, répondit ce dernier. Vous avez beaucoup de choses en commun, tous les deux. Les points communs sont la base des relations les plus stables.

– Si vous êtes en train de suggérer ce à quoi je pense, l'interrompit Dylan, je vous arrête tout de suite. »

Mais il savait que ça ne servait à rien. Le docteur Patel arrivait toujours à ses fins, d'une façon douce et sans prétention.

« Maggie est une fille bien. Quelqu'un de chaleureux, qui cherche simplement à aider les autres. Vous vous ressemblez. Elle vient de perdre sa maison, ce qui veut dire que tous ces animaux ont aussi perdu la leur. Vous risquez de perdre la vôtre, et avec vous tous les soldats qui y vivent. Si vous joigniez vos forces, vous pourriez tous les deux obtenir ce que vous souhaitez, et peut-être même plus.

— Je ne suis pas sûre de comprendre ? »

La question venait de Maggie. Dylan ne supportait pas d'entendre le docteur Patel exposer tout cela de sa voix patiente et rationnelle. C'était une idée complètement folle, et aussi bien le ton que les mots choisis pour l'exprimer devaient refléter cela.

« Il a l'idée ridicule que nous devrions nous marier. »

Dylan prit sa respiration avant de se retourner vers elle. Le visage de Maggie était plissé de confusion. Elle se tourna sur sa chaise et examina Dylan de la tête aux pieds. Il se figea avec l'impression d'être pris dans la ligne de mire d'un sniper tandis qu'elle le dévisageait. Son verdict dut être insatisfaisant, car elle finit par reculer.

Dylan n'écouta pas les explications détaillées du docteur Patel quant à la situation dans laquelle ils se trouvaient et aux bénéfices qu'apporterait sa solution. Il se concentra sur le chien.

Pirouette l'observait d'un air triste, ses pattes avant griffant la poitrine de Dylan. La bouche du chien s'entrouvrit dans un sourire plein d'espoir, comme celui d'un enfant aux parents divorcés qui chercherait un nouveau papa.

Dylan gratouilla le chien derrière les oreilles, son attention remerciée par un soupir de contentement. C'était tout ce qu'il pouvait faire. Il n'allait pas devenir le papa de ce chien.

« Vous n'êtes pas sérieux, » disait Maggie.

Elle était jolie, elle avait bon cœur, elle était intelligente. Elle recueillait peut-être des chiens blessés, mais les hommes blessés, c'était autre chose. Dylan s'était toujours imaginé marié, avec des enfants. Mais cette porte s'était refermée pour lui. Il ne pouvait pas être le père d'un enfant dans son état. Il ne pouvait pas être le mari d'une femme non plus.

Il fallait bien l'admettre, il trouvait Maggie attirante. Elle était jolie, mais sans prétention. Pas comme les femmes de la haute société auxquelles il était habitué. C'était la fille d'à côté, mais pas du même quartier. Il ne lui fallait probablement pas plus de quelques minutes pour se préparer le matin, et c'était ce peu d'effort qui la rendait splendide.

Elle avait le teint frais et propre. Elle sentait la terre plutôt que le parfum cher et écœurant. Elle n'était pas assise chevilles croisées : ses deux chaussures de marche étaient fermement plantées dans le sol. Un animal s'était tenu sur ses genoux quelques instants auparavant. Maintenant qu'il n'y était plus, il avait été remplacé par ses coudes tandis qu'elle se penchait en avant pour écouter attentivement le docteur Patel.

Non, elle n'était vraiment pas le genre de Dylan. S'il éprouvait la moindre attraction pour elle, c'était seulement parce que cela faisait bien longtemps qu'il n'avait pas été avec une femme. Longtemps qu'il n'avait pas été en compagnie d'une femme libre. Mais c'était lui qui n'était désormais plus libre de poursuivre ces vieux rêves.

« Maggie, disait le docteur Patel, tu me l'as dit toi-même, tu n'as nulle part où aller. Et tu n'as pas beaucoup d'argent. Aucun des endroits qui rentrent dans ton budget ne te laisserait emmener tous tes chiens. Il faudrait que tu les emmènes à la fourrière, et tu sais mieux que quiconque ce qui leur arriverait là-bas. »

Maggie mordillait sa lèvre inférieure tout en jouant avec la peau à la jonction de son pouce et de son index. Dylan n'arrivait pas à détacher ses yeux du mouvement de ses doigts et de ses dents. Il se sentait haleter comme le chien dans ses bras.

« Je sais que tu n'as pas eu beaucoup de chance en amour, continua le docteur Patel. Dylan est quelqu'un de bien, un homme d'honneur. Et, comme je vous l'ai dit, vous faites la paire. Je le sens. Vous iriez bien ensemble si vous vous donniez une chance. »

Les joues de Maggie étaient devenues écarlates en entendant le docteur Patel parler de sa vie amoureuse, ou plutôt de son absence. Le désir s'installa dans le ventre de Dylan, si lourd que son estomac gargouilla.

« Il n'a pas tout à fait tort, » déclara Dylan.

Maggie releva les yeux vers lui, la couleur disparaissant peu à peu de ses joues. Son regard était incertain, méfiant, comme si elle s'attendait à entendre à tout instant la chute d'une mauvaise blague. Mais Dylan ne plaisantait pas. Une stratégie était en train de prendre forme dans son esprit.

« On pourrait se donner une période d'essai, expliqua-t-il. Vous pouvez vivre ici, avec vos chiens, évidemment. On aurait bien besoin d'aide avec les animaux de la ferme. Vous pouvez vous faire un peu d'argent, avec un toit au-dessus de la tête. Et si ça ne marche pas pendant trente jours, si on se rend compte que le courant ne passe pas entre nous, vous aurez de l'argent en poche et le temps de chercher un endroit qui vous acceptera tous. »

Les lèvres de Maggie s'entrouvrirent. Dylan dut ravaler le désir qui montait en lui. Il était question de conclure une affaire, comme ses hommes l'avaient souligné dans la grange. Il pouvait y arriver.

« Vous feriez ça ? demanda-t-elle.

— Bien sûr, répondit Dylan. Je pense que c'est le seul moyen pour que ce petit gars me laisse le reposer. »

Maggie adressa un grand sourire plein d'amour et de tendresse à Pirouette. Elle avait dit que cela ne faisait que quelques jours qu'elle avait ce chien. Elle l'avait sauvé, elle l'avait soigné, et elle lui avait donné une nouvelle vie. Dylan s'interrogea ; est-ce que des sentiments si profonds pourraient se développer aussi rapidement, et durer plus longtemps que la vie d'un chien ?

CHAPITRE HUIT

Maggie se retourna dans son lit, les jambes emmêlées dans les draps. Elle avait rêvé d'un corps masculin fort, chaud, aux muscles bien dessinés, au visage grave, au regard doux et dont l'odeur lui rappelait un jour d'automne.

Elle s'était tournée et retournée dans son lit toute la nuit. Maintenant que ses yeux étaient ouverts, tout semblait brouillé. Elle n'arrivait pas à se débarrasser de la sensation d'avoir rêvé la journée de la veille. Mais elle savait que tout cela était bien réel.

Quelqu'un l'avait demandée en mariage.

Enfin, plus ou moins.

Ce que Dylan lui avait proposé ressemblait plus

à un arrangement professionnel qu'à une rencontre amoureuse.

C'était une idée complètement folle. Mais elle n'arrivait pas à s'en débarrasser. Elle continuait à tourner dans son esprit, à se glisser dans ses rêves, à la titiller même maintenant qu'elle était réveillée.

Elle tendit brusquement le bras de l'autre côté du lit et sa main rencontra de la fourrure. Bonbon, couché sur le côté droit du lit, ronflait doucement. Stevie, réveillé, était assis au pied du lit, attendant patiemment qu'elle se lève. Les deux plus petits chiens étaient confortablement installés dans leurs paniers sur le sol. Pirouette boudait dans le placard, depuis lequel Maggie pouvait apercevoir son regard brillant.

Maggie était certaine de savoir ce que pensait le chien. Pourquoi sommes-nous seuls ici dans cet appartement glacé, alors qu'on pourrait être au ranch, avec de l'espace à revendre pour courir en toute liberté ? On pourrait travailler côte à côte avec des animaux entraînés à servir une noble cause, guérir des soldats blessés. On pourrait prendre le temps de se rapprocher de l'un de ces soldats, celui qui nous a offert son foyer, son soutien et sa main.

Maggie se tourna brusquement de l'autre côté du lit, fuyant le regard accusateur de Pirouette. Ce faisant, elle réveilla Stevie, qui poussa un aboiement surpris, réveillant à son tour les petits chiens. Le temps qu'elle s'asseye, tout son foyer était réveillé et attendait d'elle nourriture, soins, et une direction à prendre.

Ses chiens s'étaient immédiatement attachés à Dylan. Après tout, ces animaux étaient fins psychologues. Il était évident que Dylan faisait quelque chose d'honorable en essayant de sauver ce ranch pour le bien des soldats blessés dont il s'occupait. Et il avait des yeux doux. De très beaux yeux, sertis dans un visage si magnifique que Maggie frissonna sous ses couvertures épaisses.

C'était une idée grotesque : épouser un inconnu. Bien sûr, elle connaissait beaucoup de gens qui l'avaient déjà fait. Le mariage du pasteur Patel et de sa femme avait été arrangé par leurs familles et avait eu lieu à peine quelques semaines après leur première rencontre. Elle savait qu'ils étaient très heureux tous les deux, avec une grande famille d'enfants adultes – dont certains avaient été mariés de la même façon.

Cette idée était presque réconfortante ; avoir deux parents qui la connaîtraient si bien qu'ils parviendraient à trouver l'amour de sa vie. Avoir des parents en qui elle aurait assez confiance pour leur demander de l'aide pour des histoires de cœur.

Maggie n'avait jamais connu ce genre de curiosité parentale. Ses parents avaient à peine eu le temps de la connaître avant de l'abandonner. Et ses familles d'accueil ne se souciaient que de savoir qu'elle faisait ce qu'on lui disait. Elles ne lui accordaient pas le moindre intérêt en dehors de ses devoirs de baby-sitter et femme de ménage gratuite.

Le pasteur Patel était sans doute la personne qui la connaissait le mieux au monde. Et il avait dit que Dylan et elle feraient la paire. Voilà qui valait la peine d'y réfléchir. Qui valait même toute une nuit à se tourner et se retourner dans son lit. Et peut-être même une journée à y réfléchir intensément.

Maggie rejeta les couvertures, dérangeant les chiens couchés autour d'elle. Elle se leva et se rendit dans la salle de bains. Elle effectua sa routine matinale, puis se dirigea vers son armoire. Mais ces pensées la suivaient toujours.

Dylan avait fait sa proposition si calmement, si logiquement qu'elle avait paru sensée. Il suffisait qu'elle l'épouse et qu'elle vive et travaille au ranch, et tout le monde aurait ce qu'il voulait. Et puis il y avait le pasteur Patel, et son argument de compatibilité. Mais il y avait une chose qu'ils oubliaient tous les deux : l'amour.

Maggie voulait être amoureuse au moment de son mariage. Si elle se mariait un jour. Vu l'état de sa vie amoureuse, elle commençait déjà à douter que ce jour viendrait. Son manque de vie amoureuse aurait d'ailleurs été une expression plus adéquate.

Mais si elle disait oui, elle pourrait avoir une vie amoureuse. Mieux, elle pourrait avoir un foyer. Elle pourrait avoir un homme qui prendrait sa défense, une famille toute prête avec les autres soldats, et un endroit où vivre pour ses animaux.

Pourquoi hésitait-elle, déjà ? Ah, oui. Elle n'était pas amoureuse de lui.

Mais elle ne doutait pas que cela puisse changer si on lui en donnait l'opportunité. La question était, pourquoi le ferait-il ? Lui offrirait-il son amour en retour ?

Mais avait-elle vraiment besoin de son amour ? Elle avait connu l'aide sociale à l'enfance et assez de familles d'accueil pour savoir que la plupart des gens ne voulaient d'elle que si elle pouvait subvenir à un besoin. Et il y avait un besoin auquel elle pouvait subvenir au ranch. Comme à l'époque des familles d'accueil, elle pourrait se faire discrète et se rendre utile pour que Dylan et les autres soldats la gardent.

Il n'y aurait aucune différence. Elle n'avait pas besoin d'amour, juste d'un endroit où trouver sa place aussi longtemps que possible.

Un bruit à la porte d'entrée lui fit enfiler sa robe de chambre. On n'aurait pas dit le bruit de quelqu'un frappant à la porte, mais elle était certaine que quelqu'un était dehors. Les chiens la suivirent hors de la chambre. Maggie jeta un œil par le judas et ne vit qu'une personne en train de s'éloigner. Son propriétaire. Elle attendit que la voie soit libre pour ouvrir la porte, mais la tempête était déjà passée et sa fureur s'était abattue sur la porte.

Un avis d'expulsion était accroché au heurtoir. Voilà qui était fait. Elle n'avait plus vraiment le choix. Mais elle avait des options.

Elle sortit sa valise et commença à emballer ses affaires. Elle allait accepter l'offre de Dylan de faire un essai de trente jours. Elle allait essayer de trouver une place dans sa vie. Elle se rendrait utile, se ferait discrète, et peut-être qu'il la laisserait rester pour de bon.

CHAPITRE NEUF

Dylan se tournait et se retournait dans son lit, les jambes emmêlées dans les draps. Il avait rêvé de douces courbes, de cheveux semblables aux feuilles brunes qui tombent à l'automne, d'un regard intelligent qui se dérobait à sa contemplation, et de l'odeur subtile des roses mêlée à la trace d'une senteur qui lui rappelait le tapis en peau d'ours dans le pavillon de chasse de son père.

Il n'arrivait pas à chasser Maggie Shaw de son esprit.

Il lui avait demandé de l'épouser. Il n'aurait jamais cru prononcer de nouveaux ces paroles devant une autre femme dans cette vie. Elles étaient pourtant sorties de sa bouche spontanément, et il en pensait chaque mot.

Bien sûr, il ne s'imaginait pas amoureux ou toute autre idiotie du même genre. À ses yeux, Maggie et ses chiens n'étaient qu'un autre groupe d'êtres à sauver. Il y avait une tristesse, un isolement en elle qui lui étaient familiers. Il savait, sans l'ombre d'un doute, que le ranch du Cœur Violet guérirait les blessures internes de Maggie comme il guérissait ses propres blessures externes.

C'était la seule raison pour laquelle il lui avait proposé son aide. Et, si elle l'acceptait, il s'assurerait que la situation soit claire. Contrairement à ce que pensait le docteur Patel, le cœur de Dylan ne faisait pas partie de l'équation.

Dylan poussa sur ses bras pour s'asseoir. Les couvertures enroulées autour de sa jambe valide exposaient clairement son moignon. Il baissa les yeux vers le morceau de chair, la seule chose qui restait de sa jambe. Après des rêves enfiévrés au sujet d'une fille aux yeux bruns, regarder sa réalité en face était plus efficace qu'une douche froide.

Il commença sa routine matinale de nettoyage du moignon. Les infections étaient un risque constant pour les amputés. Il déroula le manchon sur le moignon. Sa première prothèse, un modèle plus récent équipé d'un manchon en silicone, ne lui avait jamais vraiment convenu. Une prothèse mal ajustée pouvant faire plus de mal que de bien, Dylan avait donc décidé de faire les choses à l'ancienne.

Il enfila un bas prosthétique au-dessus du manchon pour maintenir le membre en place. Enfin, il glissa son moignon dans la prothèse. Une fois debout, il appuya de tout son poids sur sa jambe jusqu'à entendre le cliquetis caractéristique de la broche en train de se verrouiller.

Il enfila ensuite un long treillis qui masquait ses deux jambes. Même si sa jambe naturelle était encore entière, elle n'avait pas été épargnée pour autant. Son mollet et ses cuisses étaient couverts de cicatrices dues à l'explosion qui avait touché toute son unité.

Dylan ne montrait plus ses jambes à qui que ce soit à part son physiothérapeute, Mark. Plus depuis que sa famille et son ex-fiancée lui avaient tourné le dos après avoir vu son moignon. Il ne voulait pas avoir à traverser de nouveau cette épreuve.

Alors pourquoi se prenait-il tout à coup pour un bon parti ? Maggie était partie peu de temps après sa proposition d'arrangement ratée. Les femmes voulaient de l'amour, quelque chose de romantique, pas de la logique factuelle. Il doutait de la revoir un jour.

Quelle ne fut donc pas sa surprise de voir en

sortant de sa petite maison son vieux tacot en train de se garer dans l'allée.

« Au fait, dit-elle par la fenêtre de sa portière, est-ce que j'aurais ma propre chambre ?

– Bien sûr. »

Dylan noua ses mains derrière son dos, persuadé que, s'il les laissait libres, elles se tendraient vers elle pour l'attirer dans une étreinte reconnaissante.

« Les chiens dorment à l'intérieur, déclara-t-elle sur un ton avec lequel on ne négociait pas.

– Absolument.

– Je suppose que vous prévoyez que je m'occupe du ménage et de la cuisine. »

La grimace qui était apparue sur son visage rond était adorable, il n'y avait pas d'autre mot.

« Je prévoie qu'on s'occupe tous les deux de la cuisine et des tâches ménagères, répondit-il. Vous ne serez pas ma femme de ménage, Maggie. Nous serons partenaires. »

Cette réponse lui valut un haussement de sourcils surpris. Elle observait Dylan sans détour. Plus de regards en coin timides. Dans cet instant vulnérable, Dylan la vit clairement. Et il apprécia ce qu'il vit.

« Trente jours ? demanda-t-elle.

– Trente jours, confirma-t-il. Et ensuite nous prendrons une décision. »

Maggie se mordilla les lèvres. Dylan dut détourner les yeux. Il mourait d'envie de découvrir le goût de sa lèvre inférieure. Mais, avec cet arrangement, il était peu probable qu'il goûte un jour un échantillon de ce mets délicat.

Maggie ouvrit la portière. Avant même qu'elle ait le temps de descendre, Dylan était à ses côtés et lui offrait sa main. Elle la prit et descendit de la camionnette.

Il ne lâcha pas immédiatement sa main quand elle atteignit la stabilité du sol. Pourquoi diable, il n'en était pas tout à fait sûr... La pulpe de ses doigts n'était pas douce, mais rugueuse. C'était quelqu'un qui travaillait dur. Vu sa profession, il en était certain. Il savait aussi qu'elle avait déjà vu la mort. Probablement pas celle d'un être humain, mais il se doutait que regarder mourir des animaux sans défense devait avoir un impact.

Dylan caressa de son pouce la pulpe de ses doigts. Elle lui renvoya un regard incertain. Le bruit des aboiements rompit cet examen mutuel. Ils déchargèrent les animaux un par un. Pirouette bondit d'excitation sur ses pattes avant pendant que Dylan le faisait descendre de sa caisse pour que Maggie attache son appareillage.

« Venez, dit-il. Je vais vous faire visiter le ranch. »

Les chiens leur mordillèrent les talons quand ils commencèrent la visite. Dylan avait dû lâcher la main de Maggie pendant qu'ils faisaient descendre les chiens de la camionnette. Elle tenait désormais dans une main la laisse du rottweiler à moitié aveugle, et de l'autre elle portait le chihuahua auquel il manquait une patte avant.

Dylan ne savait pas vraiment que lui dire. Ils n'arrêtaient pas de se jeter des regards, pour détourner les yeux immédiatement. Pire que le premier jour au collège.

Mais ce silence n'était pas inconfortable. Et les chiens occupaient la plus grande part de leur attention. Ce nouvel environnement était une source infinie d'excitation pour la meute, qui reniflait chaque feuille et chaque buisson sur son passage.

« Ah, vous voilà, Dylan. »

Dylan releva les yeux et vit son entraîneur, Mark. Âgé d'au moins une dizaine d'années de plus que Dylan, Mark ne faisait pas son âge. Il était grand et bien bâti. Quand les rares femmes qui passaient au ranch s'y arrêtaient, leurs regards trouvaient toujours Mark et s'attardaient sur lui.

Dylan se retourna vers Maggie. Ce n'était pas Mark qu'elle contemplait. C'était le cheval qu'il menait.

Dylan ne pouvait pas la blâmer pour ça. Bailey était un magnifique spécimen équin. Une créature douce et bien entraînée, qui ne s'affola donc pas quand les animaux plus petits s'approchèrent d'elle.

« Salut Bailey, dit Dylan en tendant la main vers le cheval. Tu as l'air en forme, aujourd'hui. »

La jument baissa la tête et hennit doucement.

« Et qui avons-nous là ? demanda Mark en observant Maggie.

– Je vous présente Maggie, ma... »

Dylan jeta un regard à Maggie. Pouvait-il l'appeler sa fiancée ? Elle n'avait pas exactement accepté sa proposition. Pour le moment, ils se contentaient de tâter le terrain. Qu'est-ce que cela faisait d'elle ?

« ... ma petite amie. »

Les yeux de Maggie s'écarquillèrent de nouveau, laissant Dylan apercevoir les profondeurs de son être. Il y avait de la surprise dans son regard, mais pas seulement. Dylan décida qu'il aimait ça. Il lui faudrait trouver d'autres façons de provoquer cette réaction.

Il se rendit aussi compte que ce titre lui allait bien. Petite amie. Bientôt, fiancée. Et peut-être un jour, épouse.

CHAPITRE DIX

Maggie serra la main de l'entraîneur – comment s'appelait-il déjà ? Ah, oui, Martin ? Non. Mark. Quelque chose avec un M. Elle n'en avait pas la moindre idée. Elle n'avait plus retenu la moindre chose après que Dylan avait prononcé ces mots.

Petite amie.

Dylan l'avait appelée sa petite amie. Elle n'avait jamais été la petite amie de qui que ce soit auparavant. Elle n'avait eu que quelques rencards dans toute sa vie. Mais maintenant, elle était la petite amie de quelqu'un.

D'un point de vue logique, elle comprenait pourquoi il avait choisi ce titre. Elle avait vu la décision prendre forme dans ses yeux bleus. Il ne pouvait pas l'appeler sa fiancée. Elle n'avait pas encore entièrement accepté cette partie du marché.

Mais, d'une certaine manière, ils étaient ensemble. Ils prenaient le temps d'apprendre à se connaître. De voir si leur couple pourrait fonctionner. Cela faisait d'elle sa petite amie.

Sa poitrine se gonfla à l'idée de ce nouveau titre qu'elle portait désormais. Son esprit s'envola jusqu'aux nuées face à ce nouveau rôle. Elle avait un petit ami. Et il était franchement pas mal du tout, si elle pouvait se le permettre.

Dylan n'avait pas rechigné quand elle avait insisté pour que les chiens dorment à l'intérieur. Il avait même offert de partager les tâches domestiques. Quel genre d'homme faisait ça ?

Oui, vraiment, quel genre d'homme ? Peut-être qu'il était homosexuel ? Peut-être qu'il prévoyait de l'utiliser comme couverture pour camoufler ce fait.

Mais non. Le pasteur Patel était son psychologue. Si Dylan n'avait pas vraiment été intéressé par Maggie, le pasteur aurait sûrement été au courant. Et puis il y avait la façon dont il l'avait regardée quand elle s'était garée dans son allée ce matin.

Il y avait eu ce soulagement sur son front. Et puis quelque chose d'autre au coin de ses yeux. Rien qu'un éclair, mais elle l'avait vu. Quelque chose qui ressemblait à de l'intérêt. Il était donc bien possible que ce qu'il ressentait pour elle dépasse leur simple arrangement.

Maggie, elle, était absolument intéressée. Dylan était magnifique, prévenant et généreux. Est-ce que quelqu'un avait un stylo ? Elle était prête à signer sur les pointillés pour que cet homme lui appartienne pour l'éternité.

Mais, pour l'instant, elle était sa petite amie. Elle laissa ces mots la submerger une nouvelle fois. Elle se souvenait de la sensation de ses doigts caressant les siens comme s'il pouvait faire disparaître ses cals rugueux et tout adoucir. Elle avait l'impression qu'il en était capable.

Ces doigts étaient désormais en train de caresser la tête de Pirouette. Le bâtard la regardait d'un air suffisant. Elle s'en fichait. Pirouette était peut-être en tête de la course pour devenir le meilleur ami de cet homme-là, mais Maggie, elle, était déjà sa petite amie.

Une petite amie avait le droit de lui prendre la main. Elle avait droit à de longues promenades. Elle avait droit à des dîners.

Hum. Tous ces bénéfices, un animal de compagnie y avait droit aussi. Et alors ? Maggie en voulait bien.

Elle risqua un regard rapide à son nouveau petit ami. Il se mordillait les lèvres, comme pris par un manque de confiance en lui par rapport au titre qu'il venait de lui donner. Maggie lui adressa un sourire radieux, essayant de lui communiquer qu'elle acceptait ce rôle. Puis elle décida d'utiliser ses mots.

« Salut. »

Elle tendit la main à l'entraîneur. Mark. C'était ça, son nom.

« Je suis Maggie, la petite amie de Dylan.

– Oui, c'est ce que j'ai entendu. »

Mark sourit et serra poliment la main de Maggie.

Au moment où Mark lâchait sa main, la jument se décala vers la barrière pour se frotter aux planches de bois. Le regard de Maggie se concentra sur son arrière-train, et elle remarqua une plaque de peau enflammée.

« Elle a une crise d'eczéma de l'été ? demanda Maggie.

– Ouais, répondit Mark. Je viens de l'asperger de répulsif, mais ces satanés moucherons ont l'air de la trouver à leur goût.

– Vous avez essayé de mettre un ventilateur dans

son box le soir ? Les moustiques et les moucherons qui traînent en fin de journée aiment bien trouver des endroits humides ou des flaques d'eau stagnante.

— Vous savez quoi ? répondit Mark en se grattant le menton. C'est une bonne idée. Je ne savais pas que vous sortiez avec une vétérinaire, Banks. »

Maggie ouvrit la bouche pour corriger l'entraîneur, mais Dylan fut plus rapide.

« Elle est assistante vétérinaire, dit-il. Très dévouée envers les animaux. »

Dylan lui adressa un sourire. Ses sourcils se détendirent de nouveau sous l'effet de ce qui devait être du soulagement, mais aussi d'un brin d'intérêt. Maggie aurait bien eu besoin elle aussi d'un ventilateur sous ce regard. Elle se sentait brûlante et trempée.

« Elle va nous filer un coup de main au ranch, continua Dylan.

— Je peux aussi vous recommander des aliments spécifiques, dit Maggie. L'eczéma de l'été est souvent le signe d'un système immunitaire affaibli. Je peux vous préparer une liste.

— On pourrait en parler en chemin pour l'écurie ? proposa Mark. C'est l'heure de la séance d'entraînement de Dylan.

– Ce serait super, répondit Maggie avec un grand sourire.

– Non. »

Maggie et Mark se retournèrent tous les deux pour observer Dylan. Il avait prononcé cet unique mot avec force. Ses yeux, grands ouverts à peine quelques instants plus tôt, s'étaient plissés, et son regard s'était couvert.

Dylan s'éclaircit la gorge, mais la tension ne disparut pas de sa mâchoire serrée.

« Je veux dire, je pense que tu devrais aller installer tes affaires, Maggie. »

Il ne la regardait pas directement, mais plutôt au niveau de son oreille. Maggie résista à l'envie de tirer dessus. Tout comme elle savait à quoi ressemblait l'intérêt, son opposé lui était encore plus familier. Dylan n'était pas intéressé à l'idée qu'elle l'accompagne pour sa séance d'entraînement.

Comme si elle avait besoin d'une preuve supplémentaire de son hypothèse, il lui tendit Pirouette. Quand ses avant-bras effleurèrent les siens, il n'y eut aucune étincelle. Elle sentit au contraire un frisson parcourir tout son corps.

Les yeux de Dylan rencontrèrent les siens pendant un bref instant, puis il les détourna de nouveau.

« Je te verrai ce soir en rentrant. »

Sur ces mots, il contourna Mark et s'éloigna. Celui-ci haussa les épaules d'un air désolé, puis lui et la jument se retournèrent pour suivre Dylan, qui s'éloignait d'un pas raide, emportant avec lui toute la proximité qu'ils commençaient à peine à construire. Une fois de plus, Maggie était exclue, laissée seule au bord du chemin.

CHAPITRE ONZE

Dylan se sentait mal après sa séance, mais pas seulement physiquement. Une douleur le lancinait de l'intérieur. Quelque chose qu'il n'arrivait pas à comprendre. Pendant toute la séance, il n'avait pu chasser l'expression de Maggie de son esprit.

Ils avaient passé un très bon moment sur le chemin de sa maison jusqu'au terrain d'entraînement. Il avait cherché ses mots avant de l'appeler sa petite amie, mais il n'avait pas eu l'impression de mentir. Plutôt de découvrir une nouvelle vérité.

Et puis il avait tout gâché.

Mais il ne pouvait pas la laisser regarder son entraînement. Sa jambe était maladroite et raide au moment de monter. Il ne pouvait pas la faire passer aisément par-dessus le dos du cheval. Il avait besoin d'un coup de main, la sienne, puisqu'il refusait de laisser Mark ou les autres l'aider.

De plus, ses séances étaient souvent brutales, en général parce qu'il repoussait sans cesse ses limites. Dylan croyait dur comme fer qu'on n'a rien sans rien. Si l'effort ne provoquait pas un minimum de douleur, il était certain de ne pas travailler assez dur.

Qu'elle le regarde chevaucher ne l'aurait pas dérangé. Même quand il allait trop loin, se tenir sur le dos de l'un de ces grands chevaux lui donnait une sensation de puissance. Mais ensuite, il y avait la descente, plus difficile encore que la monte après avoir poussé ses muscles jusqu'à la limite.

Non. Il ne voulait pas que Maggie le voie comme ça, faible et vulnérable. La dernière fois qu'il avait laissé quiconque voir ses faiblesses, il en était ressorti brisé.

Dylan avait apprécié la façon dont Maggie le regardait ce jour-là. Comme quelqu'un de compétent, comme son sauveur. Mieux valait qu'elle ait l'air déçue pendant un petit moment, plutôt qu'elle le regarde avec pitié pour le reste de leur vie.

Il fallait qu'il se rappelle, et qu'il lui rappelle, que leur relation n'allait pas être une magnifique histoire d'amour. C'était un accord pratique. Ils pouvaient bien s'entendre. Ils pourraient même devenir amis. Mais l'amour n'était pas une possibilité pour quelqu'un comme lui. Quelqu'un qui ne pouvait même plus s'offrir tout entier.

Il savait qu'une femme comme Maggie méritait mieux. Mais, même s'il faisait avant tout cela pour les soldats qui avaient besoin de ce ranch, il le faisait aussi pour lui-même. Cela faisait du bien d'être proche d'une femme. D'avoir une femme à son bras. De voir une femme le regarder comme s'il était un homme entier, complet.

Alors, même si cela faisait des mois qu'il n'avait pas eu aussi mal après une séance d'entraînement, Dylan se dirigea d'un pas rapide vers chez lui. Quand il arriva près de la petite maison, les lumières de la cuisine étaient allumées. Il vit du mouvement à travers la fenêtre et entendit les aboiements excités de chiens, comme des gémissements suppliants.

En ouvrant la porte de derrière, Dylan fut assailli par l'odeur de... quelque chose en train de brûler.

Sa formation prit aussitôt le dessus. Son regard fit rapidement le tour de la pièce pour évaluer le danger. Une poêle était en feu. Une casserole d'eau bouillante débordait sur la cuisinière. Et de la fumée s'élevait du four.

Maggie le regardait, les cheveux ébouriffés. Il y

avait des tâches – de graisse ? de sauce ? – sur sa joue. Un mélange de panique, de défaite et de honte avait éteint son regard habituellement expressif.

« Je suis désolée. »

Dylan se mit aussitôt en action, enjambant et évitant au passage les chiens qui aboyaient. Il posa la poêle brûlée dans l'évier. Il éteignit tous les feux de la cuisinière. Puis il ouvrit la porte du four pour laisser la fumée s'échapper complètement.

« Je suis désolée, répéta de nouveau Maggie. J'essayais de préparer un repas d'adulte. »

Dylan sortit un morceau de viande carbonisée du four. Les chiens reculèrent en gémissant face à ce gâchis. Dylan reconnut des pommes de terre dans la casserole, mais il pouvait les entendre cogner contre le fond comme si l'eau bouillante n'avait eu aucun effet sur elles. Il n'était pas sûr de ce que la poêle contenait. Peut-être des légumes verts ? En tout cas, ils étaient maintenant complètement brunis.

« J'ai toujours cuisiné pour des enfants ou des animaux, dit Maggie. Je suis très douée pour les hot-dogs, les nuggets et les frites.

– J'aime beaucoup les hot-dogs, les nuggets et les frites. »

Il tenta de lui sourire, mais elle était trop

occupée à récurer les dégâts sur sa cuisinière pour le remarquer.

« Vraiment ? demanda-t-elle en essuyant l'eau renversée. J'ai cru que tu étais plutôt du genre à apprécier la haute gastronomie.

– Qu'est-ce qui t'a donné cette impression ? »

Dylan sortit quelques surgelés du congélateur.

« Les photos de ta famille. »

Elle se retourna pour lui faire face, la culpabilité se lisant sur son visage.

« Je n'ai pas fouiné, j'ai juste vu celles qui sont sur la cheminée. Vous étiez ensemble dans un restaurant super chic. »

Dylan hocha la tête.

« Mon père refuse de manger dans un restaurant s'il n'est pas étoilé, et ma mère refuse de manger des portions plus grosses que son pouce.

– Mais pas toi ?

– Pas moi. »

Maggie laissa échapper un petit rire à ces mots, la tension quittant visiblement ses épaules.

Les paumes de Dylan lui semblaient chaudes malgré les surgelés qu'il avait en main. Il sortit un plat du placard, l'aspergea de spray de cuisson, et y étala les ingrédients.

« Et toi ?

– Moi ? »

Ses épaules se tendirent de nouveau et elle détourna les yeux. Elle s'assit sur l'une des chaises et prit Guerrière dans ses bras. Le chihuahua lécha la trace non identifiée sur son menton, et Dylan ressentit un élan de jalousie envers le petit chien.

« Je n'ai pas de famille, expliqua Maggie. Mes parents m'ont abandonnée quand j'étais petite. J'ai grandi dans un orphelinat jusqu'à mon adolescence. Je pensais que j'y resterais jusqu'à mes dix-huit ans. Ensuite, j'ai été placée en famille d'accueil. Mais ils ne voulaient de moi que pour servir de nounou gratuite à leurs enfants plus petits. »

Tout en parlant, elle caressait et câlinait Guerrière d'une main. Elle baissa l'autre pour gratouiller Stevie derrière l'oreille. Dylan ressentit une envie irrésistible de la prendre dans ses bras pour lui faire un câlin. Au lieu de cela, il remplit un verre de jus de fruit qu'il plaça devant elle.

Maggie accepta son offrande. Il commençait à mieux la comprendre. Une femme qui avait été abandonnée dans son enfance, qui avait consacré sa vie à sauver des animaux blessés. Une femme qui n'avait pas connu l'amour de ses parents, et qui essayait désormais de trouver sa place et de se rendre utile.

Maggie avait été rejetée et maltraitée, tout comme ses animaux. Il fallait que Dylan lui fasse comprendre qu'il ne la traiterait pas comme ça. Il voulait lui dire qu'elle avait sa place ici, aussi longtemps qu'elle le souhaiterait. Il voulait lui garantir l'éternité.

Une place. Pas son cœur. Il pouvait lui garantir une place, un endroit qu'elle pourrait appeler son foyer pour de bon.

« Maggie, » dit-il doucement.

Il attendit qu'elle relève les yeux vers lui avant de continuer.

« Je sais que notre relation est presque professionnelle. Mais je me disais que, peut-être, on pourrait au moins être amis ? Ça te dirait qu'on essaye d'apprendre à se connaître ? »

CHAPITRE DOUZE

Son nouveau petit ami, possible fiancé, et potentiel mari, voulait être son ami. Ce ranch était-il un genre d'univers alternatif où les filles banales dégotaient leur prince charmant ?

Et en plus il cuisinait bien.

Maggie ouvrit la porte du four et en sortit les frites. Cette fois-ci, aucun nuage de fumée n'accompagna le plat. Les bâtonnets étaient bien dorés et parfaitement cuits.

Quand Dylan était apparu à la porte, elle s'était attendue à ce qu'il pète un plomb à la vue de sa cuisine autrefois immaculée. Elle avait pu remarquer ça. Pas une tendance à la colère. Mais qu'il était... méticuleux, si elle devait le dire gentiment.

Ses meubles étaient de haute qualité. Les bibelots épars dans la petite maison devraient plutôt être qualifiés d'accessoires.

Dylan avait dit qu'il n'était pas très fan de haute gastronomie. Peut-être qu'il n'avait pas un désir effréné pour tout ce qui était cher, mais il avait certainement des goûts de luxe.

Maggie portait encore une grande partie des vêtements d'occasion ou de seconde main qui lui restaient de sa dernière année de lycée. Ses rares meubles étaient tous d'occasion. Elle n'était pas sûre de pouvoir se montrer à la hauteur de cet homme.

« Ketchup ou moutarde ? demanda-t-il, une bouteille dans chaque main.

– Les deux.

– Moi aussi, répondit-il avec un sourire. Cornichons ? »

Maggie plissa le nez, dégoûtée par la suggestion.

« Les cornichons, c'est seulement pour les hamburgers. Ou dans la sauce tartare pour le poisson pané.

– Ainsi soit-il. »

Dylan sourit de nouveau, puis reposa les cornichons dans le réfrigérateur.

Les assiettes de hot-dogs prêts en main, Dylan manœuvra autour des chiens surexcités qui lui mordillaient les talons. Maggie remarqua que, s'il prenait soin de les enjamber et de les éviter, c'était avec une certaine raideur. Il ne lui avait pas dit quelle blessure il avait rapportée de la guerre, mais elle s'en doutait depuis leur première rencontre. Malgré ses efforts constants pour conserver une démarche stable, il privilégiait sa jambe gauche.

Une fois les hot-dogs assaisonnés, il tendit la main vers le placard où elle avait rangé la nourriture des chiens. La jambe de son pantalon se releva, et elle aperçut un faible éclat métallique là où aurait dû se trouver la chair de sa cheville.

Presque honteusement, il tendit le bras pour rabaisser la jambe du pantalon. Maggie détourna rapidement les yeux. Il ne lui avait pas fallu longtemps pour se rendre compte que, s'il l'avait congédiée aussi brutalement au terrain d'entraînement, c'était parce qu'il ne voulait pas qu'elle le voie se débattre avec sa blessure.

Dylan se retourna, mais Maggie avait déjà baissé les yeux. Elle disposa les frites sur les assiettes à côté des saucisses. Elle ne put cependant éviter de remarquer qu'il tira de nouveau sur la jambe droite de son pantalon pour cacher sa blessure avant de se mettre à genou en s'appuyant sur sa bonne jambe.

Il mesura la portion à verser dans chaque bol,

offrant à chaque chien une gratouille derrière l'oreille ou une caresse sur le dos.

Il se redressa un peu maladroitement en s'appuyant sur le plan de travail. Maggie continua à disposer les frites dans les assiettes jusqu'à ce qu'il ait retrouvé sa taille habituelle.

Elle connaissait les animaux blessés et leur besoin de camoufler leurs blessures. Elle devrait se tenir en retrait jusqu'à ce qu'il vienne à elle et comprenne qu'elle ne lui voulait aucun mal, qu'elle ne représentait aucune menace. Elle voulait prendre soin de lui. Il lui faudrait simplement attendre qu'il lui fasse suffisamment confiance pour la laisser faire.

En général, nourrir un animal blessé était une bonne tactique. Mais elle avait essayé, et échoué lamentablement. Maintenant qu'il était là pour l'aider en cuisine, les choses se passaient un peu mieux.

Dylan se lava les mains puis ils s'installèrent à table avec leurs assiettes. Il tendit la main vers elle. Maggie fixa sa paume du regard.

« Je bénis mon repas avant de le manger, dit-il.

- Moi aussi. C'est juste... Je veux dire... »

Elle se tut et lui tendit la main. L'étincelle de conscience se manifesta de nouveau. Elle leva les yeux vers lui et sut au haussement de ses sourcils et au frémissement de ses narines qu'il l'avait sentie lui aussi.

Dylan prononça la bénédiction. Il relâcha ensuite sa main, mais Maggie continua de sentir un lien entre eux.

Ils mangèrent quelques bouchées en silence, appréciant ce repas simple. Une éclaboussure de ketchup sur la mâchoire de Dylan fit rire Maggie. Il s'essuya en souriant, puis pointa son doigt rougi vers elle.

Maggie frotta sa joue et sentit quelque chose d'humide. Quand elle éloigna son pouce, il emporta une énorme goutte de moutarde. Elle sourit avant de porter son doigt à sa bouche pour se débarrasser des preuves.

Quand elle releva les yeux vers Dylan, son sourire avait disparu et son regard était vissé sur le sien. Il y avait une chaleur dans ses yeux bleus qui la fit frissonner.

Dylan reposa son hotdog à moitié entamé puis se leva. Il alla récupérer quelques glaçons dans le congélateur, qui éclaboussèrent la table en tombant dans son verre, puis se rassit.

« Et donc, Dylan… »

Maggie peinait à trouver un sujet de conversation qui ne soit ni les animaux, ni son absence de talent culinaire.

« Tu étais dans quelle branche de l'armée ?

– Armée de terre. J'étais sergent, grade E5.

– Qu'est-ce que ça veut dire, exactement ? Je n'y connais pas grand-chose à l'armée et aux grades.

– C'est un titre un peu pompeux qui me donnait le droit de donner des ordres aux autres soldats. »

Son sourire était revenu. Maggie se sentit à nouveau en terrain sûr avec lui.

« Et où est-ce que tu étais... stationné, pendant la guerre ?

– J'étais déployé, corrigea-t-il. Techniquement, nous ne sommes pas en guerre. J'ai passé trois ans dans les forces armées. Principalement dans le cadre de l'opération Inherent Resolve en Syrie, et ensuite dans le cadre de la mission Resolute Support en Afghanistan.

– C'est en Afghanistan que c'est le plus dangereux, non ? »

Dylan haussa les épaules.

« Il y a des opérations dans toutes les régions du monde où les civils partent en vacances.

– Tu ne veux pas en parler ? »

Dylan replia les bras derrière sa tête en s'appuyant au dossier de sa chaise. Maggie essaya de ne pas le regarder de trop près, mais même ses biceps étaient attirants. Elle se demanda comment elle se sentirait dans ses bras.

« Tu te rendras vite compte que la plupart des soldats ne veulent pas en parler. »

Sa réponse était abrupte, mais accompagnée d'un léger sourire.

« C'est difficile d'en parler avec quelqu'un qui n'était pas là.

- D'accord. »

Maggie termina son hotdog et s'essuya la bouche. Elle baissa les yeux vers les chiens repus étalés sur le sol à leurs pieds.

Dylan mordilla sa lèvre inférieure, caressant le bord de son verre du bout de l'index. Pendant ce temps, Maggie retint sa respiration, pleine d'espoir.

« J'ai perdu ma jambe au cours de ma dernière mission. »

Il avait prononcé ces mots si bas qu'elle crut les avoir imaginés.

« On aidait les autorités locales à construire une école en Afghanistan. Les habitants étaient reconnaissants. Ils avaient tellement d'espoir. »

Il respira profondément. Maggie crut qu'il allait s'arrêter là. Mais elle savait qu'il n'y avait rien qu'elle puisse faire si ce n'est rester silencieuse et immobile, et lui laisser le temps de venir à elle.

« On avait tous tellement d'espoir. On faisait tous partie de cette mission. Toute l'escouade n'y a pas survécu. Et ceux qui s'en sont sortis... On a tous perdu quelque chose ce jour-là. C'est pour ça qu'on est ici. On essaye de reconstruire... nos vies. »

Pirouette s'approcha de Dylan. Le petit chien poussa un gémissement, et Dylan le prit dans ses bras. Après avoir installé le terrier sur ses genoux, il lui caressa la tête derrière les oreilles.

« C'est toi qui as fabriqué son appareillage ? demanda Dylan.

– J'ai bidouillé à partir des plans. À l'achat, ça peut coûter quelques centaines de dollars. La plupart des familles qui cherchent à adopter un chien ne sont pas prêtes à y mettre autant d'argent, ou de temps. C'est pour ça que les animaux blessés sont aussi souvent euthanasiés. »

Dylan l'observa tout en continuant à caresser le pelage de Pirouette.

« Le ranch du Cœur Violet est un endroit consacré à la réhabilitation des blessés.

– Je sais. J'aimerais beaucoup vous aider. »

Sans même réfléchir, elle ajouta :

« Les animaux aussi bien que les soldats. »

Dylan avala sa salive avant de répondre.

« Les humains sont différents, Maggie. Surtout les hommes. Rien au monde n'a plus de fierté qu'un homme blessé.

– Je ne suis pas d'accord. J'ai compris avec le temps qu'il y a un ingrédient commun à toute guérison : la patience. »

Il ne chercha pas à la contredire. Mais il ne lui rendit pas son regard non plus.

« La journée a été longue. Tout le monde est fatigué. Je vais te montrer ta chambre. »

Dylan reposa Pirouette au sol en se levant. Ils vidèrent leurs assiettes en silence et remplirent ensemble le lave-vaisselle. Une fois la cuisine propre, Dylan lui tendit la main. Elle n'hésita pas. Elle la prit dans la sienne et descendit le couloir avec lui, les chiens dans leur sillage.

La porte de sa chambre n'était qu'à quelques pas. Une fois là-bas, il s'arrêta. Elle se tourna vers lui. Ils n'étaient qu'à quelques centimètres l'un de l'autre. Il avait relâché son emprise sur sa main, mais s'accrochait encore au bout de ses doigts. Lentement, son regard se releva vers elle.

Le cœur de Maggie battait à toute allure. Allait-il l'embrasser ? Ils venaient de dîner tout en discutant. Un peu plus tôt, ils s'étaient promenés dans le ranch. D'après ses standards, cela comptait comme un deuxième rendez-vous.

Elle l'observa avaler sa salive et contracter la poitrine. Lentement, il éloigna ses doigts des siens, un par un.

« Je suis vraiment heureux que tu sois là, dit-il. Je pense que ça peut marcher entre nous. Je ne peux pas te donner tout ce que te donnerait un véritable époux. Mais si tu acceptes d'être ma femme, on pourra sauver cet endroit, et je pourrai t'offrir ce foyer, et un sentiment de sécurité, et ma protection. »

En matière de demande en mariage, c'était pratiquement parfait.

« Je ne te demande pas de te précipiter, continua-t-il. On a le temps. Je voulais juste que tu saches que tu auras toujours une place. Même si on perd le ranch. Toi et tes chiens pourrez rester avec moi. »

Le cœur de Maggie faisait des sauts périlleux. Elle était certaine qu'il pouvait l'entendre.

« Bref, dit-il en reculant. Bonne nuit, Maggie. »

Il recula d'un pas de plus et percuta Pirouette. Maggie serra les poings et les colla contre ses cuisses pour ne pas les tendre vers Dylan pour l'aider alors qu'il chancelait. Elle savait que son aide ne serait pas appréciée, même si elle en mourait d'envie.

Dylan se redressa, puis se pencha pour caresser Pirouette. Le chien le regardait d'un air de pure adoration. Maggie savait qu'elle avait le même regard. Pour cacher ses sentiments naissants, elle se tourna vers la porte et l'ouvrit. Quatre chiens se précipitèrent à l'intérieur pour réclamer leurs places. Le dernier resta de l'autre côté du seuil.

Pirouette observa alternativement Maggie et Dylan. Puis il se rapprocha de Dylan.

« C'est bon, dit ce dernier en prenant le chien dans ses bras. Il peut rester avec moi pour ce soir. »

Ils disparurent tous les deux dans la chambre au bout du couloir. Maggie referma la porte de sa chambre derrière elle et les autres chiens. Elle allait devoir s'armer de patience, mais elle était déterminée à se rapprocher de son soldat blessé.

CHAPITRE TREIZE

Un corps chaud reposait dans le lit près de Dylan. Il tendit la main instinctivement, l'attirant dans ses bras comme il en avait eu envie pendant tout le dîner. Comme il en avait eu envie pendant qu'il l'accompagnait jusqu'à la porte de sa chambre. Il avait mêlé ses doigts aux siens sans réfléchir à ce qu'il était en train de faire. Tel était le pouvoir de son attirance pour Maggie. Il la cherchait dès qu'elle était proche, comme un aimant trouvant sa charge. Mais quand il tendit la main cette fois-ci à la recherche de sa positivité, au lieu de courbes chaudes et féminines, il ne sentit que de la fourrure.

Dylan ouvrit les yeux juste à temps pour voir une langue humide le lécher du menton à la joue. L'odeur d'haleine canine le fit se détourner complètement.

Mais Pirouette se contenta de mettre des coups de patte à Dylan pour récupérer toute son attention.

Le chien secouait la queue et frappait le lit de ses pattes avant si vigoureusement que Dylan ne parvint pas à rester fâché. Il offrit une caresse au chien, faisant de son mieux pour ne pas penser à la femme qui l'avait sauvé. La femme qui faisait ressentir à Dylan des choses qu'il n'avait pas ressenties depuis bien longtemps, des choses qu'il pensait ne jamais ressentir à nouveau.

Dylan prit appui sur ses bras et fit passer sa jambe par-dessus le bord du lit. Pirouette rampa sur ses pattes avant pour le rejoindre et regarda le sol. Dylan se pencha pour ramasser l'appareillage du chien et le poser sur le lit. Il avait retiré aussi bien son propre appareillage que celui de Pirouette le soir précédent avant de se coucher avec lui sur le matelas pour tomber dans un sommeil profond. Désormais, il était temps d'harnacher de nouveau le chien à ses roulettes et de le reposer au sol. Une fois ceci fait, Dylan se tourna vers sa propre jambe.

Pirouette observa le croupion qui terminait la jambe de Dylan. Il s'approcha un peu, le renifla, puis hocha la tête comme pour signaler à Dylan qu'il acceptait son état. Le chien se lança ensuite dans l'exploration du reste de la chambre, ses roulettes le suivant autour du lit et dans le placard.

Dylan sourit au chien. La facilité avec laquelle Pirouette l'avait accepté avait fait fondre quelque chose dans son cœur. Si seulement tous les êtres pouvaient se montrer aussi ouverts à propos de sa blessure... Un coup à la porte de la chambre lui fit attraper par réflexe les couvertures pour cacher sa jambe difforme.

« Dylan ? appela Maggie de l'autre côté de la porte. Tu es levé ? »

La panique s'empara de Dylan. Il ne lui fallait que quelques instants pour enfiler sa prothèse, mais il devait d'abord nettoyer la zone. Et il faudrait qu'il trouve dans son placard un pantalon assez long pour cacher l'appareillage.

« Ne rentre pas ! cria-t-il.

– Je ne vais pas entrer. »

Quand elle avait frappé à la porte, sa voix avait la chaleur du soleil levant. Dylan pouvait clairement entendre les nuages dans son ton désormais. Il se prit la tête entre les mains. À peine quelques heures plus tôt, il lui avait promis d'être son protecteur. Et pourtant, il ne manquait pas une occasion de la blesser.

« Je n'allais pas entrer, » dit-elle depuis l'autre côté de la porte.

Sa voix était encore faible, mais emplie d'une compassion qui vint se frotter aux bords amochés de son cœur.

« J'ai dit à Mark que j'irais l'aider ce matin pour ces histoires d'eczéma de l'été. Je voulais juste que tu saches où j'allais. »

Dylan tira sur la couverture pour frotter sa jambe soudain douloureuse. Cela ne l'apaisa en rien. La douleur était située plus bas, dans son mollet – un mollet qui n'était plus présent. Il avait toujours souffert de douleurs fantômes, mais elles se faisaient particulièrement présentes ces derniers jours.

Il regarda Pirouette aller jusqu'à la porte. Le terrier remua la queue en entendant la voix de sa propriétaire. Une partie de Dylan voulait en faire de même. Il voulait s'ouvrir à Maggie, mais n'arrivait même pas à lui ouvrir la porte. Il ne voulait pas qu'elle le voie comme ça.

« Je vais mettre les chiens dans le jardin pour éviter qu'ils fassent des bêtises, continua-t-elle à travers la barrière de bois. Tu pourras y mettre Pirouette aussi. Ou l'emmener avec toi. Comme tu préfères. »

Dylan baissa les yeux vers le chien. Son regard passait de Dylan à la porte, comme s'il ne comprenait pas pourquoi cette barrière se dressait entre eux trois. La crampe fantôme fit son retour dans la jambe manquante de Dylan. Peu importe le temps qu'il passait à la masser, elle ne le quittait jamais. Elle était toujours là.

« Est-ce que tu as besoin que je... fasse quelque chose ? » demanda-t-elle.

Il y avait tant de choses qu'il aurait voulu qu'elle fasse. Mais il ne pouvait pas les lui demander.

« Merci, Maggie. On se voit plus tard, d'accord ?
– Bien sûr... Bien sûr. »

Il attendit d'entendre le bruit de ses pas, suivi de celui de nombreuses pattes gambadant sur le plancher, et le son de la lourde porte de derrière en train de se refermer. Et c'est seulement à ce moment-là qu'il commença à se préparer.

Maggie avait essayé d'adopter un ton enjoué, mais il l'avait entendu. Il avait étouffé son éclat. Peut-être que tout ceci n'était qu'une erreur. À chaque fois qu'il faisait un pas en avant, il oubliait qu'il ne pouvait pas se tenir sur ses deux pieds et finissait par retomber en arrière.

Dylan prit sa douche, prenant bien soin de nettoyer son moignon. Après avoir terminé, il se sécha, en particulier son membre blessé, avant d'enfiler sa prothèse.

Une fois habillé, il mena Pirouette jusqu'à la porte de derrière. Le chien jeta un œil à l'extérieur, puis le regarda. Il semblait bien qu'il n'avait pas la moindre intention de quitter Dylan, mais il allait bien falloir. Il n'allait pas pouvoir le surveiller tout en s'occupant de ses tâches quotidiennes.

D'un ordre ferme, il pressa le chien de passer la porte. Pirouette laissa échapper un grognement puis fit ce qu'on lui demandait, non sans avoir jeté un dernier regard mélancolique par-dessus son épaule. Dylan aurait pu en rire s'il ne s'était pas senti trop mal pour laisser échapper ce son.

« Alors, le bonheur conjugal ? » demanda Fran en retrouvant Dylan sur le chemin du terrain d'entraînement.

Dylan grimaça, les traits de son visage se plissant en divers angles confus. Il soupira en laissant son visage se relâcher.

« Si terrible que ça ?

– Elle est merveilleuse. C'est juste… Je… »

Dylan soupira de nouveau.

« Parce que si toi tu ne veux pas l'épouser, je suis sûr que Xav n'aurait aucun problème à devenir l'homme de la situation. »

Fran pointa du doigt une silhouette un peu plus loin.

Dylan dut se couvrir les yeux, mais il finit par les remarquer. Xavier était appuyé contre la barrière, son chapeau de cowboy baissé sur le visage. Il se pencha vers Maggie pour lui dire quelque chose. Elle sursauta, puis se mit à rire, repoussant ses cheveux derrière son épaule. Dylan savait que quand une femme commençait à jouer avec ses cheveux, c'était le signe qu'elle était intéressée.

Ses pieds se mirent en mouvement avant même qu'il ne s'en rende compte. Sa prothèse frappait le sol avec détermination tandis qu'il se dirigeait vers la paire.

Maggie releva les yeux, comme si elle avait senti sa présence. Elle souriait déjà à Xavier mais, quand elle aperçut Dylan, son visage entier s'éclaira comme le soleil levant.

Dylan faillit trébucher face à l'éclat de ce sourire. Il tendit la main vers la barrière pour se stabiliser. Elle était à sa portée. Il pouvait de nouveau sentir l'attraction qu'elle exerçait sur lui. Une attraction trop forte pour y résister.

Alors il tendit la main vers elle. Dès que le bout de ses doigts effleura son avant-bras, il sentit un bourdonnement vibrer dans la pulpe de ses doigts.

C'est ce qui lui fit refermer la main sur elle pour l'attirer à ses côtés.

Maggie laissa échapper une expression de surprise, ses yeux s'écarquillant de cette façon vulnérable qui lui remuait les tripes. Dylan passa le bras autour de son dos, sa main effleurant au passage des épaules larges capables de porter de lourdes charges. Instinctivement, il aurait voulu pouvoir la libérer de tout ce poids et le charger sur son propre dos.

Maggie se laissa volontiers aller dans ses bras, se logeant parfaitement dans l'espace entre son bras et son torse. Une chaleur se répandit dans tout son corps. Mais ce n'est pas ça qui lui fit savoir qu'il était dans de beaux draps.

Quand il releva les yeux, il ne put que remarquer les sourires narquois sur le visage de Xavier et de Fran.

CHAPITRE QUATORZE

Maggie détestait les femmes qui minaudaient. Celles qui se ratatinaient comme des violettes et se taisaient en compagnie d'hommes. Celles qui laissaient les hommes parler pour elles et n'avaient plus rien à dire d'intelligent dès que leur partenaire était dans la pièce.

Elle était dehors, au grand air. En train d'avoir une conversation intéressante avec un homme, absolument magnifique qui plus est. Xavier Ramos était indéniablement un bel homme.

Il avait flirté avec elle, de cette façon qu'ont les hommes de le faire quand ils ne le pensent pas vraiment. Quand leur vocabulaire entier se résume à des phrases d'accroche, parce qu'ils ne savent pas comment attirer l'attention d'un cerveau féminin.

L'intérêt que Xavier lui portait n'avait rien de sincère. Il la draguait parce que c'était dans sa nature.

Cela n'avait pas dérangé Maggie. Ils savaient tous les deux qu'il n'était pas sérieux. Elle avait l'impression qu'il essayait de la tester plus que de la séduire.

Maggie appréciait cette attitude. Elle sous-entendait qu'il prenait soin de Dylan. Elle essayait d'intégrer une équipe déjà formée. Une unité cohérente. Une famille forgée dans les flammes, au fonctionnement rôdé. Et il semblait bien que cette famille allait l'accepter. Il y avait d'abord eu Fran, qui l'avait saluée et accompagnée à l'écurie pour retrouver Mark. Puis Mark, qui avait écouté ses suggestions et ses idées pour soigner les maux des chevaux.

Elle était sûre d'avoir conquis Xavier en ne mordant pas à l'hameçon. Ils la voyaient clairement tous comme une femme intelligente et compétente.

Et puis, dès que Dylan s'était montré, les mots avaient quitté son esprit. Quand son bras s'était glissé autour de ses épaules, elle avait oublié comment respirer. Elle ne s'était pas recroquevillée sous l'effet de la timidité. Elle n'avait pas cherché à échapper à son contact. Elle s'était au contraire fondue dans sa chaleur bienvenue, comme pour devenir une part de lui.

« Tu n'as rien de mieux à faire, Xav ? » grogna Dylan.

Maggie n'en fut pas dérangée. Les vibrations envoyèrent un fourmillement jusqu'à ses orteils.

« Je faisais juste connaissance avec la plus jolie femme du ranch. »

Xavier lui fit un clin d'œil, qui aida Maggie à reprendre ses esprits. Les fausses avances de Xavier lui tirèrent un rire.

« Je suis à peu près sûre d'être la seule femme du ranch, ou en tout cas la seule qui marche sur deux jambes.

– Oh, c'est sûr que tes jambes sont...

– Ça suffit. »

Dylan avait interrompu Xavier d'un autre grognement sourd. Sa voix fit sursauter Maggie, mais Xavier se contenta d'un sourire narquois. Il salua Maggie du bord de son chapeau et lança un dernier sourire à Dylan avant de s'éloigner.

Fran adressa un sourire amical à Maggie, puis un autre plus moqueur à Dylan.

Maggie essaya de se retourner pour faire face à Dylan, mais se rendit compte qu'elle ne pouvait pas. Sa main était serrée comme un étau sur son épaule.

Était-il jaloux ?

C'était absurde. Elle n'avait jamais donné à quiconque la moindre raison d'être jaloux. Mais la poigne de Dylan était ferme, comme si elle était une chose qu'il n'avait pas l'intention de laisser filer ou de partager.

« Dylan ? Est-ce que... Je veux dire... Ça va te paraître idiot, mais... »

Maintenant que ses amis avaient disparus dans l'écurie, il relâcha son emprise. Maggie se tourna vers lui, son courage disparaissant peu à peu alors qu'elle se perdait dans ses yeux bleus. L'air mal à l'aise, il fit basculer son poids d'une jambe à l'autre.

« Ramos est un type bien, commença Dylan. Je lui confierais ma vie. Mais il ne sait pas se tenir avec les femmes.

– Et en quoi cette information me concerne-t-elle ? »

Le malaise de Dylan sembla s'accentuer.

Il était *réellement* jaloux. Elle n'avait peut-être pas beaucoup d'expérience avec les hommes, mais elle connaissait le comportement des animaux. Il montrait les signes caractéristiques d'un animal au territoire menacé. Et son territoire, c'était elle. Qu'il rôde dans son périmètre ne la dérangeait pas. Mais il devait comprendre qu'elle n'avait pas l'intention de rester assise là sans bouger.

« Je t'ai donné ma parole, dit Maggie. Je ne suis pas le genre de filles qui joue avec les hommes. Je ne saurais même pas comment faire. Je n'ai jamais eu de petit ami. »

Dylan relâcha encore un peu son emprise. Maggie regretta son étreinte, mais elle voulait que ses manifestations d'affection soient sincères, pas la réaction d'un mâle alpha.

« Je n'ai pas pris Xavier au sérieux. Il était marrant. Pas autant qu'il le pense, cela dit. »

Dylan parut légèrement moins mal à l'aise. Il mordilla sa lèvre inférieure, comme la veille durant le dîner. On aurait dit qu'il mâchait les mots qu'il s'apprêtait à prononcer, comme pour vérifier s'ils étaient doux ou amers avant de les lui offrir.

« Je me demandais si tu voulais déjeuner avec moi ? Dans le bâtiment principal, cette fois-ci. On a un cuisinier.

– Oh, répondit Maggie avec un sourire qui lui parut bien trop large pour être intelligent. Ça me dirait bien. »

Dylan hocha la tête, soutenant enfin son regard. Aucun d'entre eux ne bougea. Une légère brise remuait les pointes de leurs cheveux. Le cri d'un oiseau et ses réponses emplissaient l'air.

« Sergent Banks, vous voilà. »

La magie de l'instant fut brisée. Maggie et Dylan se retournèrent pour faire face à un homme en costume. Il lui rappelait le docteur Cooper. Cette fois-ci, elle se recroquevilla, se décalant légèrement derrière Dylan. Le clone du docteur Cooper n'avait pas du tout l'air à sa place au ranch.

« Je suis content de pouvoir vous parler en personne, dit l'homme. Je voulais vous remettre cet avis en main propre. »

Dylan accepta les papiers qui lui étaient tendus. Le cœur de Maggie se serra en reconnaissant du coin de l'œil les caractères gras sur le document. Pour la deuxième fois cette semaine, elle pouvait lire le mot « EXPULSION » en grosses lettres rouges.

« Vous aviez dit que nous avions jusqu'à la fin du mois pour rassembler les papiers, dit Dylan.

– Je suis désolé. »

L'homme n'avait absolument pas l'air désolé.

« Ils veulent remettre la main sur ces terres. Si je pouvais y faire quoi que ce soit, je le ferais. Cet avis sera valable à partir de la fin de la semaine. À moins que vous ne vous mariez dans les jours qui viennent, je ne vois pas comment l'éviter.

– Nous nous marions demain. »

Les deux hommes se retournèrent. Maggie faillit suivre le mouvement. Mais elle connaissait le son de sa propre voix. C'était elle qui avait prononcé ces mots. Cette déclaration.

« Et vous êtes ? demanda l'homme.

– Je suis sa fiancée. »

Maggie tendit la main et mêla ses doigts à ceux de Dylan.

« Et, comme je viens de le dire, nous nous marions demain. »

Elle jeta un regard à Dylan à la recherche d'une confirmation. Ses yeux s'étaient écarquillés, comme pour lui demander si elle était sûre de ce qu'elle faisait. Maggie en était certaine. Que ce soit au bout de trente jours ou de trois, elle ne changerait pas d'avis. Elle voulait passer le restant de ses jours avec lui.

Comme s'il pouvait lire ses pensées, Dylan resserra ses doigts autour des siens, et laissa glisser le papier à terre.

CHAPITRE QUINZE

Dylan réajusta sa cravate. Le nœud était parfait. Le bout bien aligné.

La couleur faisait ressortir ses yeux. Il le savait parce que sa mère le lui avait dit quand elle lui avait acheté cette cravate avant son départ pour l'armée. Elle avait toujours prêté attention aux détails en ce qui concernait son apparence. Mais elle n'avait jamais rien vu d'autre dans ses yeux que leur couleur.

Il tira sur le nœud et recommença du début.

La personne qui frappa à la porte reçut un grognement pour toute réponse. Reed passa la tête par l'entrebâillement, précédé par son large sourire alors qu'il ouvrait la porte en grand à l'aide de sa prothèse. Sean se glissa derrière lui, faisant attention à présenter le côté droit de son visage pour cacher les cicatrices qui en barraient le côté gauche.

« Mec, tu as quand même réussi à nous priver de ton enterrement de vie de garçon, dit Reed. On aurait pu faire un saut à Vegas. »

Reed croisa les bras, son bras artificiel bien visible. Contrairement à Dylan, il n'hésitait pas à le montrer.

Sean adressa un grand sourire à Dylan. Les blessures sur son visage y creusaient de profonds sillons, ancrant son sourire dans sa peau.

« Mais comme nous sommes d'excellents amis, continua Reed, nous avons quand même des cadeaux pour toi.

— On s'occupera de tes corvées pendant quelques jours, reprit Sean. Pour que tu puisses profiter de ta nuit de noce. »

Les deux hommes haussèrent les sourcils, accompagnant leur mimique de gestes obscènes et immatures qui ne convenaient pas à des hommes de leur âge et de leur grade. Selon Dylan, en tout cas. Toute trace d'amusement disparut de son visage.

« Ce n'est pas ce genre de mariage, » dit-il.

Les deux autres, bouche bée, cessèrent leurs enfantillages d'un air confus. Ils rappelaient à Dylan l'air perdu de Bonbon, le chien diabétique de

Maggie, quand il ne comprenait pas pourquoi il ne pouvait pas avoir de friandise.

Sean et Reed échangèrent un regard, puis observèrent Dylan.

« C'est un mariage de convenance, continua-t-il.

– C'est sûr que Maggie m'a l'air tout à fait convenable, » répondit Reed.

Dylan lui adressa un regard menaçant, en réponse auquel Reed leva sa main en plastique, le métal de son avant-bras reflétant la lumière.

« Pour quelqu'un qui parle de convenance, tu as quand même pas mal de sentiments pour cette femme.

– Je la connais à peine. »

Dylan se concentra de nouveau sur sa cravate, la nouant de façon rapide et efficace avant de ne plus y toucher.

Sean se tourna vers Reed pour lui parler comme si Dylan n'était pas là.

« Ramos m'a dit qu'il a failli lui arracher la tête hier quand il l'a surpris en train de parler à Maggie, dit Sean.

– Ouais, et tu as vu comment il trimballe son chien comme si c'était leur gosse ? » répondit Reed.

Dylan savait que tout déni supplémentaire ne servirait qu'à encourager leurs moqueries. Il se contenta donc d'attraper sa veste et de se diriger vers la porte. Le son de leurs ricanements le suivit jusqu'à l'extérieur de la pièce.

La cérémonie devait avoir lieu sous un chapiteau près de l'étang, de l'autre côté du ranch. Les trois hommes s'y rendirent en voiture de golf. Fran et Xavier avaient déjà installé des chaises et quelques décorations de Noël. Ce ne serait pas le mariage de la saison que sa mère et son ex auraient préparé pour lui, mais ils avaient fait de leur mieux. Dylan était touché. Il espérait simplement que Maggie ne serait pas trop déçue.

Plusieurs personnes étaient déjà rassemblées. Le docteur Patel se tenait sous le chapiteau. En tant que ministre du culte, il avait la capacité d'officier, ce qui était une bonne nouvelle étant donné les très courts délais dans lesquels le mariage avait été annoncé. Mais c'était lui qui avait proposé cette union. Depuis un an, Dylan avait confié sa santé psychologique au docteur, et il n'avait pas été déçu. Maintenant, c'était son avenir, et peut-être même son cœur, qu'il remettait entre les mains du docteur Patel.

Il était déterminé à aller jusqu'au bout de cette affaire. Il voulait prendre soin de Maggie. Il voulait être celui sur qui elle pourrait toujours compter. Il voulait être sa source de réconfort, celui qui la faisait sourire et écarquiller les yeux de surprise. Il voulait observer son regard de plus près et découvrir ce qui se cachait derrière ses yeux bruns.

Dylan secoua la tête. Il fallait qu'il se rappelle qu'il n'était pas question de romance ici. C'était un simple arrangement, un arrangement qui leur convenait à tous les deux.

Ils pourraient être amis. Des amis pouvaient se regarder dans les yeux pour vérifier que l'autre se sentait bien, physiquement comme mentalement. Ayant établi cela, Dylan descendit l'allée.

Il vit les visages de ses hommes, de ses amis. Il vit les visages de ses entraîneurs et des employés du ranch. Personne ne semblait remettre en doute sa décision. Ils savaient tous pourquoi ce mariage avait lieu. Il allait sauver leurs emplois, leur gagne-pain. Pourtant, ils sourirent tous à Dylan quand il prit sa place.

Aucun ne connaissait Maggie depuis plus de quelques jours, mais il semblait qu'elle avait fait forte impression. Ses cinq chiens étaient assis sagement en face de l'arche. Pirouette, qui observait l'eau de l'étang au-delà du chapiteau, se leva et avança jusqu'à Dylan à l'aide de son fauteuil roulant dès qu'il sentit sa présence. Dylan se pencha pour caresser le chien avant de prendre sa place devant le docteur Patel.

Son aîné lui adressa un sourire entendu.

« Comment vous sentez-vous ?

– C'est la décision la plus logique. Je pense qu'on y a tous les deux beaucoup réfléchi, et je prendrai soin d'elle. »

Un petit rire s'échappa de la bouche du docteur Patel. Avant de pouvoir en dire plus, le pasteur releva les yeux et son regard s'illumina.

Dylan se retourna dans la direction par laquelle il était arrivé et perdit toute capacité à formuler une pensée cohérente.

Maggie était en train de descendre d'une voiture de golf avec l'aide de Fran. Elle portait une simple robe blanche. Pas de dentelle, pas de fioritures. Quelque chose qui lui ressemblait.

Dylan frotta ses mains moites sur son pantalon. Son cou lui semblait brûlant, alors il leva la main pour desserrer sa cravate. Un battement sourd envahit ses oreilles, et il se demanda si les chevaux s'étaient échappés. Mais non. Il ne s'agissait que de son propre cœur.

Maggie avait l'air nerveuse. Elle gigotait. Dylan combattit l'envie d'aller vers elle. Il voulait l'apaiser. Il voulait lui assurer qu'il allait s'occuper d'elle, qu'il allait s'occuper de tout. Il voulait qu'elle lui fasse confiance, qu'elle croie en lui.

Le regard de Maggie rencontra le sien. Elle laissa échapper un soupir dont il aurait juré qu'il l'avait senti lui chatouiller le nez. Puis elle commença à avancer.

Dylan pouvait vaguement entendre la musique. Mais son regard restait fixé sur Maggie. D'une démarche stable et assurée, elle s'approcha de lui. Ses hanches ne se balançaient pas. Ses pas réguliers la menaient droit vers lui. Avant même qu'il ne s'en rende compte, elle se tenait devant lui.

Dylan entendit le docteur Patel prononcer des mots, beaucoup de mots, de sa voix calme et posée. Mais il ne lui prêta pas la moindre attention.

Au lieu de cela, il regarda les lèvres de Maggie bouger. Ses mots n'avaient aucun sens pour son esprit, mais ils faisaient battre son cœur encore plus fort.

Il sentit quelqu'un lui mettre un coup de coude dans les côtes. Dylan se retourna pour jeter un regard accusateur à Fran, debout à ses côtés en tant que témoin. Mais Fran désigna d'un signe de tête le docteur Patel, qui lui sourit avant de répéter ce qu'il venait de dire.

Dylan se retourna vers Maggie, et prononça ses

vœux. À chaque promesse qui quittait ses lèvres, il ne fut pas surpris de découvrir qu'il les pensait toutes. Il avait l'intention de tenir chacune de ces promesses ; ces vœux qu'il prononçait pour Maggie, son épouse.

« Je vous déclare mari et femme. »

C'était terminé. Il était marié. Maggie était sa femme désormais, sa responsabilité. Il refusait de la décevoir. Il refusait de décevoir qui que ce soit.

« Vous pouvez embrasser la mariée. »

Dylan se tendit. Comment avait-il pu oublier cette partie ? Maggie leva vers lui ses grands yeux. Soudain, la seule chose au monde qu'il voulait était embrasser cette femme, la sienne, son épouse.

Dylan pencha lentement la tête, lui laissant amplement le temps de reculer. Elle ne le fit pas.

Ses lèvres rencontrèrent les siennes, les effleurant avec la plus grande douceur. Elle inspira avec difficulté, mais ne s'éloigna pas. Alors il appuya un peu plus.

Maggie était tout ce qu'il y avait de plus doux et délicieux. Elle était enthousiaste et malléable. Elle était innocente et passionnée.

La main de Dylan trouva le creux de ses reins. Elle poussa un soupir, et il s'abreuva à sa source. Il en voulait plus, avait besoin de plus, prenait plus. Il l'attira à lui, et elle se laissa faire, se logeant à la perfection contre son torse tandis qu'il se pressait contre elle. Comme si sa place avait toujours été là.

Des hourras résonnaient derrière eux. Et il se rappela soudain où il se trouvait, où ils se trouvaient. Il rompit abruptement le baiser.

« Je suis désolé, » dit-il.

Qu'est-ce qui lui avait pris ?

Les yeux écarquillés de Maggie se plissèrent, retrouvant peu à peu leur concentration. Elle détourna le regard sans rien dire. Et dire qu'il pensait prendre soin d'elle. Son premier acte en tant qu'époux avait été de la tripoter.

CHAPITRE SEIZE

Maggie eut besoin de toute sa concentration pour ne pas presser ses doigts sur ses lèvres. Elles la chatouillaient encore, plus d'une heure après le baiser de Dylan. Son premier baiser.

Il avait été tout ce dont elle avait toujours rêvé, et plus encore. Avec un homme dont elle n'aurait jamais pu imaginer qu'il lui appartiendrait. Et pourtant, il était sien, désormais.

Elle était Mme Dylan Banks.

Son principal problème était qu'être Mme Dylan Banks ressemblait beaucoup trop à être Mlle Maggie Shaw. Dylan et elle étaient assis à la table du banquet, c'est-à-dire du dîner servi dans ce qui servait de cantine au ranch. Un gâteau acheté au supermarché voisinait une montagne de grillades et d'accompagnements. Les soldats avaient l'air de passer un bon moment ; ils riaient et se donnaient les uns aux autres des tapes dans le dos, sans épargner Dylan.

Chacun d'entre eux était venu la féliciter et partager une ou deux anecdotes à propos de Dylan. Même Sean, le plus reclus des soldats, était venu. Il avait fait attention à ne lui montrer que le bon côté de son visage en lui parlant, mais c'était tout de même beaucoup. Le seul à n'être pas venu la voir était son nouvel époux.

Dylan était resté devant le grill, à retourner les steaks des hamburgers, jusqu'à ce que Reed l'en chasse. Puis il était parti chercher des assiettes supplémentaires, mais Fran était revenu à ce moment-là avec une pile dans les bras. Dylan était toujours le premier à se lever dès que quelqu'un demandait quelque chose d'autre, quoi que ce soit d'autre. Et, à chaque fois, les autres le chassaient, l'empêchaient de prendre en charge la moindre corvée.

Maggie finit par décider qu'elle avait besoin de quelque chose que seul son nouvel époux pourrait lui donner. Elle se leva et se dirigea vers Dylan. Quand il la vit arriver, elle eut l'impression qu'il était aux abois.

Elle ralentit ; il se leva, et franchit le peu de distance qui les séparait encore. Il tendit la main, comme pour la rapprocher de lui. Au dernier moment, il la reprit brutalement.

« Tu as besoin de quelque chose ? » demanda Dylan.

Sa voix n'était pas bourrue, mais contenait une note d'hésitation.

Est-ce qu'il avait des regrets ? Concernant leur mariage ? Cela ne faisait même pas vingt-quatre heures. Elle avait été laissée de côté tant de fois dans sa vie. Abandonnée, déçue. Il lui avait promis que tout cela était terminé. Il était temps qu'il tienne cette promesse.

« J'espérais que les mariés pourraient ouvrir la danse ? » dit-elle.

Elle l'observa avaler sa salive, sa gorge malaxant les mots. Il jetait des regards dans tous les sens, probablement à la recherche d'une échappatoire.

« Je sais que ce n'est pas un mariage traditionnel, mais...

– Je ne peux pas. »

Il avala de nouveau sa salive, plus brutalement cette fois-ci.

« Danser, je veux dire. »

Maggie baissa les yeux vers sa jambe couverte et se sentit rougir.

« Oh. Je suis désolée. J'aurais dû me rendre compte...

– Je m'en occupe. »

Maggie se retourna et tomba nez à nez avec Xavier. L'homme aux cheveux sombres lui tendit la main. Elle se retourna vers Dylan. Son époux avait la mâchoire serrée, mais il hocha la tête en signe de permission.

Essayant de masquer son sentiment de défaite, Maggie prit la main de Xavier et se laissa entraîner sur la piste de danse improvisée, un simple carré de terre près de la zone de pique-nique.

Xavier la fit tourbillonner pendant toute une chanson, puis fut remplacé par Reed et son bras d'acier. Fran et Sean se positionnèrent à ses côtés pour une danse coordonnée. Avant même de s'en rendre compte, elle riait à perdre haleine et s'amusait comme jamais auparavant.

Les soldats à ses côtés l'acceptaient comme si elle était des leurs. Les chiens leur mordillaient les talons, participant à leur manière à la fête. C'était tout ce dont Maggie avait toujours rêvé : elle était accueillie au sein d'un groupe, d'une clique, d'une unité ; elle en faisait partie.

Et pourtant, presque à chaque mesure, Maggie jetait un regard à Dylan. Ses yeux ne la quittaient jamais. Il ne s'approcha pas pour autant. Jusqu'au moment où il se tint juste devant elle.

La musique ralentit et les autres s'éloignèrent. Maggie était de toute façon sur le point de demander une pause pour reprendre sa respiration. Mais face à Dylan qui se tenait devant elle, la main tendue, son cœur se mit à battre plus vite et son souffle se fit court.

« Les mariés sont censés mener la première danse. Je ne veux pas non plus rejeter la tradition, dit-il. On n'a qu'à y aller en douceur, d'accord ? »

Maggie lui prit la main et se glissa dans le cercle de son étreinte. Pour la première fois de sa vie solitaire, elle comprenait ce qu'était un foyer. Ils bougèrent à peine, se contentant de se balancer en rythme.

Cela ne la dérangeait pas d'y aller en douceur. Elle était déjà arrivée. Elle était déjà amoureuse de cet homme. Et elle avait toute la vie pour attendre qu'il la rattrape.

CHAPITRE DIX-SEPT

Cela faisait du bien de la tenir dans ses bras. Comme si elle y était à sa place. Cela faisait tellement de bien, elle y semblait tellement à sa place, qu'il ne la laissa pas s'éloigner à la fin de la chanson.

Quand la musique s'arrêta, la main de Dylan remonta dans le dos de Maggie, glissant le long de sa colonne vertébrale. Il suivit le chemin de ses omoplates, descendit le long de ses avant-bras, jusqu'à trouver le dos de ses mains. Un par un, chacun de ses doigts se mêla aux siens, jusqu'à ce que tous leurs doigts soient complètement entrelacés.

Dylan pouvait sentir une chaleur lui parcourir le corps. Elle partait de ses bras, se répandait dans son torse, puis descendait le long de ses jambes. De ses deux jambes.

Une sensation enfiévrée remplaça la douleur fantôme dans la jambe qu'il avait perdue. Comme une étincelle cherchant à le convaincre qu'il pouvait de nouveau courir. Un brasier qui jurait qu'il pouvait voler.

Dylan baissa les yeux vers Maggie. Sans qu'il s'en rende compte, ils avaient quitté la piste de danse, et étaient assis au bout de la principale table de pique-nique, en face d'un gâteau de mariage à moitié entamé. Leurs mains entrelacées étaient posées entre eux sur le banc.

Maggie ne le regardait pas. Elle était en train de donner un os à l'un de ses chiens ; Stevie, le rottweiler aveugle. Dylan savait que le chien ne pouvait pas le voir. Et pourtant, la gueule haletante de Stevie s'ouvrit largement, comme s'il souriait. Ses yeux pétillaient comme pour lui souhaiter la bienvenue dans la famille.

Le regard de Dylan retourna à Maggie. Elle lui tenait toujours la main, mais soutenait son menton de l'autre en observant le reste de la tablée, souriante, le rire aux lèvres. Ses amis étaient assis autour d'eux, régalant Maggie d'anecdotes embarrassantes au sujet de Dylan, et lui posant des questions sur sa vie à elle.

Le brasier qui s'était emparé de Dylan s'était calmé et brûlait désormais de façon constante. Les hommes qui lui avaient confié leurs vies et leurs avenirs accueillaient à bras ouverts la femme qu'il avait choisie pour sa vie et son avenir.

Ils l'avaient acceptée, elle et ses chiens. Elle faisait maintenant partie de l'unité. Et Dylan savait que ses hommes surveilleraient désormais les arrières de Maggie tout comme ils le faisaient entre eux.

« Tu n'aurais pas une ou deux amies à me présenter ? » demanda Reed.

Reed était l'un des seuls hommes du groupe que toutes ces histoires de mariage enthousiasmaient. Dylan savait qu'il voulait une famille et une épouse de qui s'occuper. Et, contrairement à Dylan et aux autres, il n'était pas du genre à laisser sa très visible blessure se mettre en travers de son chemin.

« Je n'ai pas vraiment beaucoup d'amies, » répondit Maggie.

Instinctivement, Dylan sut que cela voulait dire qu'elle n'avait *aucune* amie. Maggie avait vécu sa vie seule. Dans ses pires moments, elle avait été utilisée et maltraitée par le système. Cette vie était désormais derrière elle.

« Je passe le plus clair de mon temps avec les animaux, expliqua-t-elle.

– Alors tu seras parfaitement à ta place ici, » répondit Fran.

Maggie rougit, mais son sourire valait mille mots. Elle était bouleversée par leur accueil, et Dylan pouvait dire qu'elle leur était reconnaissante. Lui-même ne savait pas où il serait sans eux. Ils lui avaient sauvé la vie. Et c'est pour cela qu'il se battait pour eux. Et maintenant que Maggie avait accepté sa main, il pouvait assurer leur sûreté. Ils pourraient conserver ce refuge qu'ils avaient trouvé et dont ils avaient fait leur foyer.

Le crépuscule tombait sur cette journée mémorable. Maggie se tourna vers lui, et il eut l'impression qu'elle versait de l'essence sur les flammes dans sa poitrine pour qu'elles s'élèvent jusqu'au soleil. Mais, quand elle étouffa un bâillement, le brasier retomba de nouveau. Dylan retrouva immédiatement ses instincts protecteurs.

« Bon, les gars, dit-il, je vais ramener ma femme à la maison. »

Ses hommes imitèrent des gémissements et bruits de baisers comme des collégiens. Dylan leva les yeux au ciel. Il commençait à ouvrir la bouche pour nier ce à quoi ils pensaient quand il baissa les yeux vers Maggie.

Ses joues étaient presque écarlates à ce stade. Elle savait que ce mariage n'était pas destiné à être consommé. Et pourtant, Dylan était certain d'avoir aperçu l'étincelle du désir dans ses yeux. Ses mots moururent avant de franchir ses lèvres.

Prévoyait-il de ne plus avoir la moindre relation physique pour le reste de sa vie ? Il était marié, après tout. Maggie était donc désormais sa seule option. Il ne pouvait même pas envisager, encore moins souhaiter avoir une aventure extra-conjugale. Mais serait-il capable de remplir son devoir conjugal ?

Il se leva maladroitement, sa jambe douloureuse après les activités intenses de la journée. Il avait sa réponse.

Maggie le vit aussi. Il sut qu'elle l'avait remarqué lorsque sa main, qui tenait toujours la sienne, se serra soudainement. Lorsqu'elle détourna aussitôt le regard.

Elle ne dit rien, mais se retourna vers les autres pour les remercier de tout ce qu'ils avaient fait pour ce jour si spécial. Sa sincérité était évidente dans ses mots, dans le ton de sa voix. Elle leur souhaita à tous une bonne nuit. Puis, faisant signe à ses chiens de les suivre, Dylan et elle se dirigèrent vers leur maison.

Ils marchèrent côte à côte, lentement, leurs doigts toujours entremêlés. Dylan ne parvenait pas à penser à la moindre chose à lui dire. Elle, sa femme. La seule chose à laquelle il parvenait à penser était la sensation de ses doigts dans sa main, de son avant-bras contre le sien.

Il repensa au désir qu'il avait vu dans ses yeux. Et à ce baiser, qui avait duré plus longtemps que prévu. Ce baiser face auquel elle n'avait pas reculé. Ce baiser dont, d'après la façon dont ses doigts avaient touché ses lèvres, elle aurait souhaité qu'il continue.

Maggie avait voulu danser avec lui. Elle n'avait pas lâché sa main. Même maintenant, elle s'appuyait contre son épaule. Peut-être ce mariage pouvait-il aller plus loin que la simple convenance ? Peut-être pouvait-il être réel ?

Mais, soudain, la jambe de Maggie effleura la sienne, et il se figea. Il ne pouvait pas sentir la chair de sa cuisse comme il sentait celle de ses doigts et de son bras. Sa prothèse ne ressentait rien. Dylan baissa les yeux pour s'assurer que la jambe de son pantalon camouflait la chose. Rassuré de voir que c'était le cas, il lâcha la main de Maggie.

Ils étaient arrivés à la porte de la maison qui, comme d'habitude, n'était pas verrouillée. Il n'y avait rien ni personne à craindre au ranch.

Il lui ouvrit la porte. Elle hésita, ses yeux se perdant sur le seuil. Puis elle secoua la tête d'un air décidé avant de franchir la porte.

Les chiens les suivirent à l'intérieur. Quatre d'entre eux se précipitèrent vers la porte de la chambre de Maggie ; le dernier vers celle de Dylan. Seuls les deux humains restèrent dans le couloir, sans savoir vers quelle porte se diriger.

« La journée a été longue, » dit-il.

Maggie hocha la tête, les yeux levés vers lui. Ses lèvres s'entrouvrirent, et sa langue en sortit, humectant sa lèvre inférieure.

Les yeux de Dylan suivirent ce mouvement. Un grognement s'éleva de son estomac. Il se mit à saliver. Ses paumes le chatouillèrent. Il lui suffisait de baisser la tête, et il pourrait de nouveau goûter à ses lèvres. Il se redressa.

« Je voulais te remercier pour tout ce que tu as fait pour mes hommes et moi, » dit-il.

Même à ses oreilles, sa voix avait un ton beaucoup trop formel.

« Pas de quoi, » répondit-elle de façon tout aussi guindée

Elle ferma la bouche et croisa les bras sur sa poitrine.

« Dors bien, Maggie. Je te verrai demain matin. »

Sans lui laisser le temps de dire quoi que ce soit d'autre, ou se laisser le temps de changer d'avis, Dylan ouvrit la porte de sa chambre. Pirouette se précipita à l'intérieur avant qu'il ne puisse la refermer. Dylan s'effondra contre la porte. La seule chose dont il était certain était son désir pour Maggie. Il la désirait comme un homme désire une femme.

S'il voulait être honnête avec lui-même, il lui fallait admettre que son attirance était plus que physique. Maggie Shaw – Maggie Banks, désormais – lui avait fait perdre la tête. Et l'assaut était en train de se transformer en siège sur son cœur. Si elle arrivait à y pénétrer, tout serait perdu.

CHAPITRE DIX-HUIT

Maggie n'avait pas bien dormi. Elle s'était tournée et retournée toute la nuit, passant du côté droit du lit au côté gauche. Elle s'était réveillée endolorie, irritée et perdue.

D'un côté, Dylan avait été très clair sur le fait qu'il ne s'agissait que d'un mariage de convenance. Puis il avait fait toutes ces belles déclarations, ces promesses de prendre soin du moindre de ses besoins, de devenir sa famille.

De l'autre, il insistait qu'il n'y aurait rien de physique entre eux. Puis il l'embrassait à lui faire perdre la tête, se montrait jaloux dès qu'un autre homme lui montrait de l'intérêt. Il lui tenait la main et la serrait contre lui, mais la laissait à la porte de sa chambre pour leur nuit de noce.

Maggie ne savait plus où donner de la tête. Mais elle savait où trouver la porte de la chambre de Dylan. Elle se leva, s'habilla, puis ouvrit la porte de sa chambre et, précédée par son armée à quatre pattes, se dirigea vers celle de son époux.

Elle commença par frapper doucement. Puis un peu plus fort, avec insistance. Maggie avait toujours été plutôt douée pour cerner aussi bien les animaux que les gens. Qu'il s'emporte contre elle ne l'inquiétait pas. Ce qu'elle voulait, c'était qu'il montre une émotion.

Elle se savait en sécurité ici avec Dylan, avec ses hommes. Plus important encore, elle avait une chance d'en tirer une véritable relation, un véritable mariage. Et elle n'était pas prête à la laisser passer.

Dylan était un animal blessé. Il avait accepté quelques soins dans ce ranch, mais il lui fallait plus. Sa jambe était sous contrôle, mais il y avait aussi cette autre blessure, interne, plus profonde.

Maggie n'avait pas beaucoup d'expérience en amour, mais elle était prête à essayer. Dieu qu'elle était prête à essayer. Elle avait juste besoin que Dylan descende de son piédestal d'abord.

Elle avait vu la façon dont il l'avait regardée la veille avant de lui tourner le dos à la porte de sa chambre. Il lui avait tenu la main, jouant avec la toile tissée par leurs doigts comme s'il voulait ne faire qu'un avec elle. Et puis il y avait eu ce baiser...

Son premier baiser. Son seul baiser. Un premier et unique baiser digne d'un rêve, digne d'un conte de fée. Elle voulait que ce conte sorte de la page. Elle voulait donner une chance à cette réalité.

Maggie frappa à nouveau à la porte de Dylan. Le silence de l'autre côté lui fit comprendre qu'il n'était pas là. Il l'avait fuie, une fois de plus.

Elle descendit les escaliers d'un pas lourd, les chiens dans son sillage. Son estomac vide gargouilla, exigeant son attention alors que son cœur se faisait douloureux. Elle entra dans la cuisine. Sur la cuisinière se trouvait une pile de pancakes, entourés d'une quantité astronomique de fraises fraîchement coupées.

Personne n'avait jamais rien fait d'aussi adorable, d'aussi attentionné pour elle. Elle fourra les pancakes dans un tupperware et claqua la porte de la maison derrière elle.

L'indifférence, elle pouvait supporter. Qu'on l'ignore, elle pouvait comprendre. Être utilisée, elle en avait l'habitude.

Mais ce chaud et froid, cette alternance de douceur et d'absence ? C'était trop pour elle.

Maggie enferma les chiens dans le jardin, laissant

leurs gamelles à l'extérieur avec suffisamment d'eau et de nourriture. Puis elle partit à la recherche de Dylan, qu'elle trouva sur le terrain d'entraînement.

Elle s'arrêta net en le voyant monter à cheval avec difficulté. Il poussa sur sa bonne jambe pour se hisser, puis dut se pencher et plier sa prothèse pour la faire passer par-dessus le dos du cheval. Cet exercice d'équilibre semblait peu stable, et tous les instincts de Maggie lui criaient de le rejoindre.

Elle aperçut Mark de l'autre côté du cheval, bras croisés, regard ailleurs. Mais Maggie sentait que cet homme observait Dylan comme un faucon, prêt à se précipiter au moindre signe de danger.

Dylan commit une erreur de jugement. Il réajusta sa jambe. Pour ce faire, il dut relever son pantalon, et c'est à ce moment qu'il remarqua Maggie.

Son visage se figea dans une expression d'horreur. Il tira brutalement sur le tissu pour couvrir sa prothèse à découvert. Il balança ensuite la jambe de l'autre côté du cheval puis glissa à terre. Il atterrit avec un bruit sourd inquiétant et grimaça.

« Qu'est-ce que tu fais là ? » lui demanda-t-il d'un ton brusque.

Maggie eut un mouvement de recul. Ses lèvres

s'entrouvrirent face à son ton véhément. Elle eut le souffle coupé par la colère dans ses magnifiques yeux bleus.

Le haut du corps de Dylan s'effondra sur lui-même. Il ferma les yeux dans une grimace et serra les poings. Quand il rouvrit les yeux pour la regarder, la honte se lisait dans son regard. Mais ce n'était pas suffisant.

Maggie se tint bien droite en avançant vers lui d'un pas décidé.

« Je suis ta femme. Ma place est à tes côtés. »

Dylan se détourna, cherchant probablement une échappatoire. C'était elle désormais dont le ton se faisait brusque.

« Pour le meilleur et pour le pire, Dylan. C'est ce que je t'ai promis. Ce n'est pas ta blessure qui me fera me dérober.

– Je ne suis pas un animal que tu peux réparer, Maggie.

– Non, tu es mon partenaire. C'est le marché qu'on a conclu. Mais tu ne fais que me repousser. Laisse-moi t'aider... »

Elle tendit la main vers lui, mais il écarta brutalement le bras pour rester hors de sa portée. Il recula maladroitement d'un pas sur sa prothèse.

Maggie tint sa paume rejetée dans le creux de son autre main.

« C'est donc tout ce que tu attendais de moi ? Seulement le mariage ? Tu ne veux même pas de mon aide ? »

Il soupira. Ses yeux bleus rencontrèrent enfin les siens, l'implorant de comprendre. Mais comment le pouvait-elle, quand il ne la contredisait même pas ?

Maggie inspira profondément. L'air était plein de l'odeur âcre des chevaux et de la sueur. Elle adressa un signe de tête à Dylan, puis se retourna et s'éloigna.

L'indifférence, être ignorée, être utilisée, elle en avait l'habitude. Et il semblait que c'était à nouveau sa réalité. Que pouvait-elle conclure d'autre alors qu'elle s'éloignait ? Dylan n'essaya pas de l'en empêcher.

CHAPITRE DIX-NEUF

Dylan regarda Maggie s'éloigner de lui. Elle commença par battre en retraite d'un pas lent, puis plus rapide, pour finir par se mettre à courir. Il n'aurait pas pu la rattraper même s'il avait essayé. Pas avec sa prothèse. Il aurait fini par clopiner derrière elle, s'enfonçant plus loin encore dans sa honte. Il resta donc immobile sur ses jambes raides, observant la distance que son épouse mettait entre eux après qu'il l'eut blessée.

Encore une fois.

Pirouette lui mit un coup de museau dans la jambe. Le regard du chien passa de Dylan à la silhouette de plus en plus lointaine de Maggie, avant de se poser de nouveau sur Dylan. Il lui mit un autre coup de museau dans la jambe, poussant le tissu du pantalon contre l'acier froid de sa jambe de métal.

Pirouette pencha la tête d'un air confus, puis soupira, sa petite tête se secouant de droite à gauche après avoir inhalé l'air frais.

Depuis l'autre côté du cheval, Mark regardait Dylan avec le même air déçu.

« Si vous n'essayez pas de rattraper cette femme, vous êtes un parfait imbécile.

– Je ne peux pas la rattraper, répondit Dylan en frappant sa cuisse du poing.

– Si vous croyez vraiment ça, alors vous ne la méritez pas, et il faudra que vous la laissiez partir. »

Mark lui tourna le dos et s'éloigna.

Pirouette poussa un hurlement bas, comme pris de douleur. Son regard passa de nouveau de Dylan au portail du terrain d'entraînement. Voyant que Dylan ne bougeait pas, le terrier se retourna et commença à suivre les traces de Maggie, clopinant à une allure maladroite mais constante.

Le chien faisait preuve de plus de courage et de bon sens que l'homme. Depuis son arrivée, Pirouette avait suivi Dylan comme son ombre. Mais sa véritable allégeance se révélait désormais alors qu'il tournait le dos à Dylan.

Quand les parents de Dylan et son ex-fiancée

l'avaient rejeté, ils lui avaient tourné le dos avec un air dégoûté. Maggie venait à son tour de lui tourner le dos. Mais son visage n'avait pas porté la moindre trace de dégoût, ni même de pitié. Elle avait eu l'air blessée. Déçue, aussi, mais surtout blessée.

Dylan n'avait pas été en position de blesser qui que ce soit depuis longtemps. Pendant cette année de convalescence et de rééducation, il avait passé son temps à soutenir ceux qui l'entouraient. Dès que quelqu'un avait essayé de prendre soin de lui, de lui offrir son soutien, et peut-être même son amour, il l'avait repoussée.

Le pire, c'est que ce n'était pas à cause de sa jambe que Maggie le quittait. Elle avait répété plusieurs fois que sa blessure ne la dérangeait pas. Elle l'avait accepté malgré sa prothèse. Si elle l'avait fui, ce n'était pas parce que sa blessure externe la dégoûtait. Non, ce qui la dégoûtait chez lui, c'était sa blessure interne, celle qu'il ne cessait de lui infliger à son tour.

Dylan craignait tellement qu'elle ne veuille pas de lui que, dès qu'elle se rapprochait suffisamment pour pouvoir le blesser, il la repoussait. Non, il la rejetait. Violemment.

Mais le pire, c'est que son absence ne faisait que renforcer l'envie qu'il avait d'elle. Alors dès qu'elle s'éloignait de lui, il faisait quelque chose pour rompre la distance. Comme laisser une pile de pancakes dans la cuisine en guise d'offrande. Nom de dieu, il se comportait vraiment comme un connard.

« Je viens de voir Maggie partir en courant, dit Fran en entrant sur le terrain d'entraînement. Qu'est-ce que tu as foutu ?

– Reste en dehors de ça. Ça ne te regarde pas.

– En fait, si, ça me regarde. Ça nous regarde tous.

– On ne va pas divorcer, donc le ranch n'a rien à craindre. Je m'en occuperai.

– Tu crois vraiment que c'est de ça qu'il est question ? Tu n'es pas aussi stupide d'habitude. »

Dylan ne répondit pas. Il ne pouvait pas. Il voyait bien que cette affaire n'était pas juste un arrangement pour elle. Il était clair qu'elle en voulait plus. Il devenait de plus en plus évident que lui aussi. Mais il ne pouvait pas.

« J'ai bien vu comment tu te comportes avec elle, continua Fran.

– Mais elle ne me connaît pas. Pas le vrai moi, en tout cas.

– C'est à propos de ta jambe, c'est ça ? Il faudrait que tu te rendes compte que la femme que tu as épousée soigne des animaux qui n'auraient aucun avenir sans elle. »

Maggie ne s'était jamais dérobée à l'idée de sa blessure. Mais il y avait une différence entre savoir qu'elle était là et la voir.

« Si ça me regarde, dit Fran, si cette histoire nous concerne tous, c'est parce que cette femme fait partie de la famille désormais. Si tu ne répares pas ton erreur, si tu continues à la blesser, tu auras affaire à toute l'unité. »

Au fond de lui, Dylan voulait féliciter Fran d'être venu à la défense de Maggie. Mais la part de lui qui avait honte garda les poings serrés le long de son corps.

« Tu as une femme qui t'a ouvert son cœur, qui t'accepte tel que tu es, et pourtant ça ne te suffit pas ?

— Ce n'est pas ça le problème.

— Alors c'est quoi ?

— C'est *moi* qui ne suis pas assez bien pour elle. Je ne peux pas être l'homme dont elle a besoin.

— Mais on dirait bien que tu es l'homme qu'elle veut. »

Dylan ferma les yeux. Les arguments de Fran étaient imparables. Et pourtant, il peinait à y croire.

Maggie n'avait pas de stratégie. Elle n'avait pas

de plan. Elle ne lui demandait rien, si ce n'est son temps et son attention. Aurait-il préféré qu'elle en ait après son héritage ?

L'argent, il en avait plus qu'assez. Le temps aussi. De l'attention, il pouvait lui en donner.

Maggie voulait une part de son cœur. Les battements irréguliers dans sa poitrine lui disaient que son cœur voulait d'elle, lui aussi. Il manqua un battement, lui donnant l'impression d'avoir perdu cet organe, tout comme il avait perdu sa jambe. Il n'y avait qu'une chose qui pourrait le remplacer, il le savait.

Seule la douleur fantôme dans sa jambe le retenait encore. Son moignon le démangeait. Ses deux jambes le démangeaient. Et ce qui le démangeait plus encore, c'était de lui courir après, d'aller la chercher, de lui demander de se tenir à ses côtés.

Dylan commença à avancer vers la sortie sans même s'en rendre compte.

Derrière lui, il entendit Fran pousser des vivats.

Dylan se déplaçait plus rapidement qu'il ne l'avait fait depuis des mois, mais ce ne serait pas suffisant pour la rattraper. Il retourna vers le centre du terrain d'entraînement. Fran l'y attendait, les rênes du cheval en main.

Dylan prit les rênes. Il se hissa sur le dos du

cheval, puis accepta la main de Fran pour se stabiliser avant de faire passer sa jambe métallique de l'autre côté.

« Te plante pas, cette fois-ci ! » lui lança Fran alors que Dylan s'éloignait au galop.

Dylan ne pouvait pas le lui promettre. Il avait vu la réponse, mais avait eu trop peur de poser la question. Maintenant, il n'en restait plus qu'une : était-il trop tard ?

CHAPITRE VINGT

Le ranch était si vaste. Des terres à perte de vue. Maggie aurait pu courir pendant des heures dans n'importe quelle direction. Le problème, c'est que la seule qu'elle voulait prendre, c'était celle de laquelle elle venait.

Elle entendit quelque chose derrière elle. Son cœur battit plus fort, ses pieds ralentirent. L'avait-il suivie malgré tout ?

En regardant par-dessus son épaule, elle ne vit aucun homme musclé. Rien à l'horizon. Mais le son était toujours là. En baissant les yeux, elle remarqua enfin Pirouette, ses roulettes tournant furieusement alors qu'il fonçait vers elle.

Maggie s'arrêta et se dirigea vers le petit chien pour qu'il n'ait pas besoin de courir plus longtemps.

Pauvre petite chose. Il haletait. Son fauteuil roulant, qui n'était pas adapté à la course, était sur le point de se détacher. Et pourtant, le terrier l'avait suivie.

Maggie le prit dans ses bras et le serra contre elle. Il lui lécha copieusement la joue, comme pour essayer de l'apaiser. Cela fonctionna, un peu. Mais pas assez.

Le seul qui aurait pu apaiser sa douleur était son époux. Mais il n'avait pas trouvé en lui la force de lui tendre la main.

Maggie arriva au chapiteau où elle s'était mariée tout juste la veille. La plupart des décorations étaient encore accrochées. Elle se tint à distance de ces souvenirs et se dirigea vers le court ponton qui dominait le petit étang.

L'eau n'était pas bleue. Il semblait que beaucoup d'eaux usées s'y déversaient. Peut-être un écoulement provenant d'un peu plus loin ? Cela n'avait pas d'importance, elle n'allait pas y plonger. Peu importe à quel point elle avait envie de disparaître dans les abysses.

Dans quoi s'était-elle fourrée ?

La réaction de Dylan à l'instant avait été pire que de l'indifférence. Elle savait qu'il avait des sentiments pour elle, mais il avait laissé sa peur et sa honte se mettre en travers de ce qu'ils pourraient avoir. Il était souffrant, blessé, et elle se savait capable de le soigner, si seulement il acceptait de la laisser faire.

Mais il refusait.

Maggie leva les yeux vers le ciel. C'était une erreur. L'azur du ciel était le même que le bleu des yeux de Dylan. Désormais, elle ne pourrait plus regarder les cieux sans penser à lui.

Tout ce dont elle avait rêvé toute sa vie était ici, au ranch. Un groupe de personnes prêtes à l'accepter comme l'une des leurs. Un endroit où vivre pour ses chiens. Un travail qui lui permettrait de venir en aide à d'autres animaux. Et un homme doux, attentionné et fort. Il n'avait qu'un seul défaut. Il s'emballait et s'en prenait à elle dès qu'elle approchait sa blessure de trop près.

Pourrait-elle ignorer ce défaut pour le reste de ses jours ?

« Pour le meilleur et pour le pire », disaient ses vœux. Le meilleur était bien. Le meilleur était excellent. Saurait-elle gérer le pire ?

Il le fallait. Elle avait promis. Il lui faudrait simplement s'armer de plus de patience, jusqu'à ce qu'il lui fasse confiance.

Il était différent des autres animaux avec

lesquels elle avait pu travailler. C'était un homme, une bête notoirement difficile à dresser et contrôler.

Elle n'allait pas laisser tomber cette relation. Elle allait trouver un moyen de nourrir ce mariage jusqu'à ce qu'il fleurisse. Elle n'était pas du genre à abandonner. Mais dieu qu'elle était fatiguée. Elle allait se reposer un peu ici avant de rentrer au ranch pour la prochaine manche.

Maggie ferma les yeux et laissa les rayons guérisseurs du soleil caresser sa peau. Une fois sa respiration apaisée, quand elle se sentit ressourcée, elle rassembla ses forces et se prépara à retourner au combat. Et c'est à cet instant qu'elle entendit un bruit d'eau.

En observant les alentours, elle remarqua que Pirouette n'était plus à ses côtés. Des ondes déformaient la surface de l'étang. Oh non. Il était tombé.

Puis il refit surface. Sa petite truffe recrachait de l'eau, ses pattes frappaient la surface. Maggie se pencha par-dessus le bord du ponton pour l'attraper. Il était trop loin.

Maggie n'avait jamais appris à nager. Mais cela n'avait pas d'importance, pas quand une autre vie était en danger. La tête de Pirouette plongea de nouveau sous la surface de l'eau. Il pataugeait, mais son fauteuil roulant le tirait vers le bas. Une fois de plus, sa tête émergea, replongea, puis émergea de nouveau.

Maggie s'avança un peu plus. Elle y était presque. Plus que quelques centimètres... et elle tomba à l'eau à son tour.

Elle fut submergée avant même de pouvoir prendre sa respiration. L'eau l'entourait de toutes parts. Mais en face d'elle flottait son chien. Elle tendit les bras et attira Pirouette vers elle.

Elle avait beau battre des pieds, l'eau refusait de la laisser aller. Ils allaient mourir ici, dans ce ranch plein de héros, sans que personne ne vienne à leur secours.

CHAPITRE VINGT-ET-UN

Dylan forçait son cheval à aller plus vite que jamais il ne l'avait fait à l'entraînement. Ce faisant, il poussait également sur sa jambe blessée. La douleur était tout à fait réelle, cette fois-ci. Mais il fit appel à tout ce que sa formation lui avait appris et prit sur lui. La douleur serait dix fois plus grande s'il n'atteignait pas Maggie avant qu'elle le quitte pour de bon.

Il tira sur les rênes pour arrêter le cheval. Prit le temps de regarder autour de lui. Les terres du ranch s'étendaient sous ses yeux. Par où avait-elle choisi d'aller ?

Un peu plus loin, il aperçut le chapiteau où ils s'étaient mariés la veille. Il y avait eu tellement de confiance et d'amour dans le regard de Maggie, et il avait piétiné tous ses rêves. Il aurait donné n'importe quoi pour qu'elle le regarde à nouveau ainsi.

Des bruits d'eau l'arrachèrent à sa rêverie. Dylan se tourna vers l'étang au-delà du chapiteau. Ses eaux troubles étaient absolument impropres à la baignade. Cela faisait partie de la longue liste de choses à réparer au ranch, mais comme la plupart des hommes qui y vivaient n'aimaient pas montrer leur corps, l'étang n'avait pas été leur priorité.

D'autres bruits d'eau. Puis un aboiement misérable, suivi d'un cri étranglé. L'un des chiens de Maggie était-il tombé à l'eau ? Avec leurs blessures, ils ne pouvaient probablement pas nager. Dylan prit la direction de l'étang.

En arrivant, il vit la tête de Pirouette surgir hors de l'eau. Le chien toussa et cracha, ses pattes avant pataugeant sans le mener nulle part. Il se tenait à une hauteur étrange au-dessus de l'eau. C'est alors que Dylan se rendit compte que c'était Maggie qui le maintenait ainsi. Elle avait dû plonger pour sauver le chien, sans s'inquiéter de sa propre sécurité ni de sa survie.

Dylan savait que Pirouette ne pourrait pas nager avec l'appareillage qui lui servait de pattes arrière. Il n'avait pas la moindre idée de la façon dont il était tombé à l'eau ; mais il savait que ce poids supplémentaire ne pourrait que le faire couler. Et c'est ce qu'il fit quand les mains qui le maintenaient à la surface disparurent sous l'eau.

Mais pourquoi Maggie ne refaisait-elle pas surface ? S'était-elle coincée dans quelque chose sous l'eau ? Ne savait-elle pas nager ?

Dylan ne prit pas le temps d'éclaircir ce mystère. Il mit pied à terre, l'impact de son atterrissage brutal envoyant une décharge dans son moignon, sans toutefois rivaliser avec les battements sourds de son cœur.

Il courut vers le ponton plus rapidement qu'il ne s'en savait capable. Cela faisait plus d'une minute que ni le chien, ni Maggie n'avaient sorti la tête de l'eau. Était-il arrivé trop tard ? Trop tard pour la sauver ? Trop tard pour regagner son cœur ?

Il savait que, s'il plongeait à son tour, l'humidité détruirait sa prothèse. Il savait aussi que l'eau pourrait s'infiltrer dans son moignon et provoquer une infection. Il n'hésita pas un instant au bout du ponton. Il sauta.

Les yeux ouverts sous la surface, il ne vit rien, si ce n'est des eaux opaques et sombres. Il battit sa jambe valide, sa prothèse l'entraînant vers le fond.

Il tendit les mains et ne sentit rien d'autre que

l'eau boueuse. Mais il n'abandonna pas. Il ne pouvait pas l'abandonner. Pas Maggie.

Elle n'avait eu de cesse de revenir vers lui à chaque fois qu'il l'avait repoussée. Quand il essayait de mettre de la distance entre eux, elle se rapprochait encore un peu. Elle n'avait jamais eu l'impression d'être à sa place nulle part, auprès de qui que ce soit. Il lui avait offert un foyer et une famille pour ensuite construire un mur entre eux, les bras croisés sur son cœur. Il avait cherché à s'éloigner d'elle.

Plus maintenant. Plus jamais.

Dylan tendit de nouveau les bras, déterminé à la trouver et à la garder en sécurité dans son cœur.

Sa main rencontra de la fourrure. Puis de la chair. Il les attira tous les deux vers lui et battit de nouveau puissamment de sa jambe valide. Sa prothèse se détacha, le laissant libre de remonter vers la surface.

Cette soudaine légèreté lui permit de les entraîner tous les trois vers le haut. Ils prirent ensemble une grande inspiration en émergeant.

« Accroche-toi à moi, dit Dylan une fois ses poumons remplis d'air.

– Je ne peux pas lâcher Pirouette, répondit Maggie.

– Une main sur Pirouette, une main sur moi. Je nous ramène au ponton. »

Maggie fit ce qu'il lui disait. Il enroula un bras autour d'elle et poussa avec toute la force de sa jambe pour les ramener en sécurité.

Une fois arrivés au ponton, Maggie y posa Pirouette. L'appareillage s'était détaché de son petit corps ; il ne lui restait que ses deux moignons. Pirouette s'effondra en un petit tas mouillé sur le bois du ponton.

Dylan s'assura que Maggie s'accrochait des deux mains au ponton, puis il l'aida à se hisser. L'eau alourdissait ses vêtements, mais elle parvint à grimper maladroitement.

Quand arriva son tour, Dylan était absolument épuisé. Tous ses membres hurlaient de douleur. Mais, avec un dernier effort, il parvint également à se hisser hors de l'eau.

Il s'effondra sur le ponton, trempé, à découvert. Pas seulement son corps, mais aussi son cœur, son âme.

Leurs regards se rencontrèrent. Maggie l'observait de la tête au pied. Il lui fallut toutes ses forces pour ne pas bouger quand elle observa sa jambe manquante.

Mais il tint bon. Il resta immobile pour elle. Il ne voulait plus rien lui cacher.

Son regard le parcourut, suivi par ses mains. Ses mouvements étaient rapides, efficaces ; pas la moindre caresse ou marque d'affection.

« Tu es blessé ? » demanda-t-elle.

Un rire s'échappa des lèvres de Dylan, semblable à une toux au début, tandis qu'un peu d'eau de l'étang s'échappait de son torse. Puis le rire se fit franc, le secouant comme une vague. Évidemment, c'était la première chose à laquelle elle avait pensé.

« Oui, dit-il une fois calmé, je suis blessé. »

Un air alarmé envahit le visage de Maggie. Avant qu'elle puisse passer à l'action, il lui attrapa les mains. Il se redressa en position assise pour pouvoir la regarder dans les yeux.

« Je suis une créature souffrante et blessée, dit-il. Pas du genre à m'en prendre aux autres, mais du genre à me cacher pour éviter le regard des autres et leur pitié.

– Je n'ai pas pitié de toi, dit-elle.

– Non, c'est vrai. »

Il lui caressa la joue du dos de ses doigts. Il avait avait été sur le point de la perdre. S'il ne l'avait pas suivie, elle serait probablement morte. Il la prit dans ses bras, la serrant assez fort pour sentir battre son cœur.

« Je n'ai pas pitié de toi, répéta-t-elle. Je t'aime. »

Dylan recula pour observer son visage. Ce qu'il y trouva provoqua en lui une vague d'émotion si puissante qu'il faillit retomber en arrière.

« Je sais que ça ne faisait pas partie de notre accord, dit-elle en détournant les yeux. Mais je n'ai pas pu m'en empêcher. Malgré ton entêtement et ton besoin exaspérant d'indépendance et d'autonomie, tu es la personne la plus généreuse que j'aie jamais rencontrée. Tu t'occupes des autres de façon si altruiste. Je veux être celle qui s'occupe de toi.

– D'accord. »

Seul ce mot parvint à franchir sa gorge serrée. Seules ces deux petites syllabes.

« D'accord ?

– C'est ce que je veux aussi. Tout ça. Je te veux, toi. Tout entière. Pas seulement sur le papier. Cela fait trop longtemps que j'ai l'impression d'être un demi-homme, mais tu me donnes l'impression d'être entier. Quand je suis avec toi, je suis un homme entier. »

Maggie leva les yeux vers lui et son visage s'illumina, plein de confiance et d'espoir. Le cœur de

Dylan fit un bond dans sa poitrine. Puis il l'attira à lui.

Leurs lèvres se rencontrèrent sous les doux rayons du soleil. L'eau sur ses vêtements était fraîche, mais la pression de ses lèvres sur les siennes le réchauffa. Il la serra encore plus fort contre lui pour lui donner tout ce qu'il avait à offrir.

« Je t'aime aussi, dit-il quand ils se séparèrent.
– Vraiment ?
– Vraiment. »

Elle avala sa salive, retenant ses larmes, mais l'une d'entre elles parvint à s'échapper de son œil droit.

« Personne ne m'avait jamais dit ça avant.
– Je le dirai tous les jours à partir de maintenant. »

Dylan essuya la larme solitaire, qui fut remplacée par une autre.

« Je le dirai si souvent que tu en auras marre de l'entendre.
– Je ne pense pas que ça soit possible.
– On verra. »

Il l'attira de nouveau à lui pour l'embrasser mais, avant que leurs lèvres ne puissent se toucher, ils furent aspergés par une pluie de gouttelettes quand

Pirouette se secoua pour se débarrasser de l'eau qui imprégnait sa fourrure.

Maggie et Dylan rirent tous les deux face à l'interruption du petit chien. Pirouette se tenait fièrement sur ses deux pattes avant, complètement inconscient de son apparence, à laquelle il ne prêtait pas la moindre attention. La main de Maggie quitta l'épaule de Dylan pour venir se poser sur son moignon.

Il attendit que son instinct se réveille et la repousse d'un mouvement brusque. Mais cet instinct ne vint jamais. Il posa la main sur la sienne. Leurs doigts s'entremêlèrent, leurs paumes posées sur cette blessure qui ne lui faisait plus mal.

« Il faut qu'on rentre au ranch pour nettoyer vos blessures, dit Maggie. Vous risquez tous les deux une infection. »

Dylan prit le chien dans ses bras.

« En voilà un petit chien courageux.

— C'est grâce à lui que nous sommes ensemble. Si je ne lui avais pas sauvé la vie, je n'aurais pas été virée, et je ne serais pas arrivée ici.

— On dirait bien que ce chien que tu as sauvé nous a sauvés à son tour.

- En effet. »

Maggie gratouilla le terrier derrière les oreilles en acquiesçant.

Puis elle releva les yeux vers Dylan. Pirouette aussi, une confiance totale se lisant dans son regard. Celui de Maggie était empli d'amour. Elle caressa le visage de Dylan, qui fondit à son contact. Pirouette se cala entre eux tandis qu'ils s'embrassaient de nouveau.

ÉPILOGUE

Quatre petits chiens mordillaient les talons de Fran en chemin depuis le jardin de Dylan et Maggie jusqu'à l'entrée de la maison. Fran marchait lentement, faisant bien attention à n'écraser aucune queue, patte ou prothèse.

Les chiens étaient tout excités de voir leurs maîtres rentrer de l'hôpital où Dylan avait passé quelques jours pour traiter une infection contractée en sautant dans l'étang pour sauver Maggie et son petit terrier, ou plutôt la Petite Terreur, comme Fran l'avait surnommé. En l'absence de Dylan, Pirouette avait suivi Fran comme son ombre.

Ce chien avait visiblement besoin d'un chef de meute à qui lécher les bottes. Fran ne pouvait pas remplir ce rôle. Fran n'avait pas le temps d'être le chef de qui que ce soit. Littéralement. Ses jours étaient comptés, tout le monde le savait.

Fran jeta un œil au jardin, remarquant que le cinquième chien n'était pas encore arrivé. Bonbon, le golden retriever, était assis à l'ombre d'un arbre. Encore somnolent, le chien ouvrit un œil, puis soupira en se levant lentement avant de se traîner jusqu'à Fran. Le pauvre chien était diabétique, une maladie facile à gérer, mais qui nécessitait des injections d'insuline ; il avait toujours soif et sommeil. Fran s'assura de lui donner une caresse supplémentaire. Il s'était attaché à ce chien qui ne parvenait pas toujours à suivre le rythme du reste de la meute.

Fran comprenait ce sentiment. À cheval, il avait souvent envie de pousser son imposante monture au galop, mais il savait que ce n'était pas une bonne idée pour sa propre santé. Il se contentait donc d'un trot tranquille mais jamais satisfaisant durant la plupart de ses sorties. Fran attendit que Bonbon le rejoigne, puis ils sortirent tous les deux par le portail.

Devant la maison, Reed et Sean étaient assis dans des fauteuils à bascule. Les chiens leur tournaient autour des jambes. Reed attrapa Guerrière, le petit chihuahua qui avait perdu sa patte avant gauche, et la posa sur ses genoux. Sean gratouilla

Stevie, le chien à moitié aveugle, derrière l'oreille. À l'horizon, ils pouvaient voir la camionnette de Maggie tourner à l'entrée du ranch et s'engager sur le long chemin qui menait à la zone d'habitation.

« Tu vas vraiment quitter le ranch ? demanda Reed à Sean.

– Je n'ai pas vraiment le choix, répondit Sean. Aucune femme n'accepterait d'épouser une gueule comme la mienne.

– Si tu cherches les compliments, Jeffries, ce n'est pas ici que tu les trouveras, dit Reed.

– Je suis sérieux. »

Sean leva les yeux au ciel. Il ne portait pas ses lunettes de soleil ce jour-là, puisqu'il n'y avait aucun visiteur. Les profondes coupures qui lui barraient le visage amplifièrent le regard noir qu'il lança à Reed.

« Je ressemble à un monstre.

– Tu vas rentrer, du coup ? demanda Fran même s'il connaissait déjà la réponse.

– Je me débrouillerai, répondit Sean en secouant la tête. On a encore deux mois avant que la nouvelle paperasse ne soit terminée. »

Plusieurs options s'offraient à Fran. Il n'y en avait juste aucune qui lui plaisait. Il aurait préféré rester ici avec ses amis, et terminer sa vie entouré de personnes qui tenaient à lui. Pour le temps qu'il lui restait. Mais il savait que les éclats d'obus coincés dangereusement près de son cœur pouvaient bouger à tout moment. Comment pouvait-il offrir son cœur à une femme malgré cette menace ?

La camionnette s'arrêta devant la maison. Dylan en descendit, s'appuyant sur Maggie. Il portait un short qui ne masquait pas sa prothèse.

« Ah mince, Mags, râla Reed. Tu nous l'as ramené vivant ?

– Désolée, répondit-elle avec un grand sourire. C'était inévitable. L'hôpital avait vraiment hâte de le laisser sortir.

– Qu'est-ce qu'il a encore fait ? » demanda Fran, qui savait que son ami n'était pas le meilleur des patients.

« Disons simplement que les infirmières n'apprécient pas vraiment de recevoir des ordres, dit Maggie.

– Tu remarqueras que personne n'a dit que j'avais tort, » grogna Dylan en montant les marches.

Il se pencha vers elle et déposa un baiser au coin de ses lèvres. Ils se perdirent dans les yeux l'un de l'autre comme s'ils étaient seuls au monde. Jusqu'à ce que les chiens commencent à aboyer pour attirer leur attention.

Maggie et Dylan se séparèrent avec un grand

sourire et baissèrent les yeux vers leur meute. Des oreilles furent gratouillées et des têtes caressées pendant qu'ils avançaient vers la porte.

« Vous viendrez dîner, les gars ? demanda Maggie.

– Ça dépend, qui cuisine ? demanda Reed.

– Hé ! »

Elle tendit le bras pour lui frapper l'épaule, ce qui fit rire Reed. Dylan pointa un doigt vers son torse pour indiquer qu'il serait aux fourneaux. Ils adoraient tous Maggie. C'était une excellente soignante et amie, mais la cuisine n'était clairement pas son point fort.

Chiens et humains passèrent la porte d'entrée, pleins d'énergie et de vie. Fran resta aux côtés de Bonbon, qui gravissait lentement les marches. Une fois arrivé sur le porche, le chien eut besoin d'un temps de repos avant de rejoindre le reste de la famille à l'intérieur.

Fran attendit donc quelques instants avec lui le temps de reprendre leur respiration. Leurs maladies les ralentissaient peut-être, mais elles ne les empêcheraient pas d'atteindre leurs objectifs. Celui de Bonbon était de récupérer ce qui l'attendait dans sa gamelle, puis de s'amuser avec le reste de la meute. Celui de Fran était à peu près le même.

Fran voulait casser la croûte avec les membres de son unité. Mais, plus encore, il voulait s'assurer qu'ils auraient leur place au ranch aussi longtemps qu'ils le souhaiteraient. Ce qui voulait dire qu'il avait deux mois pour leur trouver une épouse à chacun.

S'il était encore de ce monde après ça, il viendrait leur rendre visite au ranch les week-ends et pour les vacances. Il regarderait ses amis s'épanouir à cet endroit qui leur avait redonné une vie malgré les cicatrices des combats. Mais même le ranch ne pouvait pas complètement guérir Fran.

Avec un soupir, Bonbon se releva et franchit le seuil de la maison. Fran pouvait le comprendre ; c'était pénible d'être malade. Être malade voulait dire ne pas avoir accès à ce que l'on souhaitait le plus au monde, aux choses dont on avait autrefois rêvé et dont l'on jurait ne plus vouloir maintenant qu'elles étaient hors de portée.

Un type bien comme Fran,
qui fait passer ceux qu'il aime avant lui-même,
est destiné à rencontrer une femme qui soignera son cœur ravagé.

Découvrez comment il trouvera l'amour et l'espoir dans
La main sur le cœur,
le second tome des Fiancées du ranch du Cœur Violet !

Si vous souhaitez faire partie du groupe de lecture de Shanae,
rendez-vous sur
https://shanaejohnson.com/LecteursAllemands

NOTES

Chapitre cinq

1. NdT : Chanson de Natalie Merchant sur les femmes au temps de la ruée vers l'or.

Lightning Source UK Ltd.
Milton Keynes UK
UKHW020912271021
392923UK00015B/1541